內衣(女)孩任你擺布
Lingerie girl wo okini mesu mama
Presented by Hanama Tomo
Illustration:sune
Volume
4
花間燈
絵：sune

序章

暑假剛結束，時間來到放學，以浦島惠太為首的五名 RYUGU 成員，聚集在私立翠彩高中的被服準備室裡，圍繞桌子而坐。

澪居上座，而惠太、雪菜、絢花和瑠衣，則是依順時針的順序坐著。

惠太神情凝重，對坐在正對面的浜崎瑠衣提問道：

「——妳繼續說吧？為什麼我會和浜崎同學結婚？」

根據幾分鐘前張皇失措地衝進準備室的瑠衣所述，她的父親浜崎悠磨先生，似乎以為自己的女兒要和惠太結婚……

當然，惠太本人也是一頭霧水。

其他成員聽了，同樣能從臉上表情看出她們有多麼困惑。

在這劍拔弩張的氣氛下，褐色肌膚的同學尷尬地開口：

「其實是剛才爸爸突然聯絡我，問最近跟浦島處得如何之類的。一開始我還以為他是指工作，但說來說去總覺得牛頭不對馬嘴……最後他突然冒出一句『你們倆可是約定終身的關係，要好好相處才行喔。』還說得格外開心……」

「看來他完全誤會我跟浜崎同學的關係了……」

「只是，為什麼會產生這種誤會啊？」

「我爸爸很容易會錯意……」

澪疑惑地問說，瑠衣則接話道。

「仔細想想，爸爸從先前就看起來不太對勁了。似乎是打從我被挖進 RYUGU 時，他就開始懷疑我跟浦島之間的關係，現在完全以為我跟浦島是對恩愛的情侶了。」

「關係也跳得太遠了吧。」

總結來講，大致上是這種感覺。

悠磨先生認為「把瑠衣挖去 RYUGU ＝惠太喜歡寶貝女兒」，而瑠衣答應他的要求，等於兩人開始交往。

在他心中，挖角一事似乎跟戀愛混在一起了。

「這麼說來，先前悠磨先生似乎說了句奇怪的話。」

「奇怪的話？」

「嗯，之前我們在討論挖角浜崎同學的時候，他說要不了多久就能抱孫子了。」

「什麼孫子啊……」

「現在想想，原來他是從那時候就徹底誤會了。」

就算是誤會，也未免太過心急了吧。

看來跟瑠衣說的一樣，她父親誤會得確實有點嚴重。

「所以呢，妳解開悠磨先生的誤會了嗎？」

「爸爸一說完想說的話，就直接把電話掛斷了。而且事情來得太快，我一時之間反應不過來……」

「啊啊，所以妳才會急忙衝進來啊。」

總之終於理解狀況了。

就在情報整理完畢的時間點，在一旁聽著的絢花，用那對藍色眼瞳看向瑠衣。

「所以呢，瑠衣打算怎麼辦？真的要跟惠太結婚嗎？」

「哪、哪有可能啊！我被誤會才覺得困擾好嗎，誰要跟這種內衣痴結婚。」

「內衣痴……」

這話雖然過分，但也算是正確評價。

惠太傾心於製作內衣乃是眾所周知的事實，甚至可說「內衣痴」算是值得誇耀的稱號。

（不過，跟浜崎同學結婚啊……）

我看向坐在眼前的褐色肌膚少女——

她有著端正的五官，一身健康的褐色肌膚，是位不亞於其他成員的美少女。

我們工作相同，也相當聊得來，和她結婚說不定每天都會過得很開心。

正當我如此心想，坐在左方的雪菜說。

「所以結婚的事，純粹是浜崎學姊的父親會錯意嘛？」

「嗯？啊啊，算是這麼一回事吧。」

「那麼，就請惠太學長快點跟她父親聯絡解開誤會吧。」

「咦……啊、嗯……說得也對？」

學妹以冷淡語調說，我則困惑地點頭。

在瑠衣闖入前，雪菜明明一直黏著惠太撒嬌，如今她卻徹底轉變態度。

不只把頭轉向其他地方，還連看都不看惠太一眼。

「小雪，難道說妳生氣了？」

「我才沒有生氣。」

「講是這樣講，我還是第一次看到有人臉頰能嘟成這樣……」

簡直就像是烤年糕一樣。

她的臉頰脹到感覺用手指一戳就破了。

即使以遲鈍著稱的惠太，也能看出雪菜這副表情是在「吃醋」。

他心想，說不定吃醋的語源，就是來自於女生嘟嘴的表情。

「都有我這麼可愛的女朋友候補了，你怎麼還冒出一個婚約對象？我要求你解釋清楚！」

「還什麼解釋不解釋的……」

連我自己都沒有搞清楚狀況啊，拜託妳別一臉憤恨不平地看我好嗎。

順帶一提，這位黑髮巨乳美女——長谷川雪菜之所以生氣，是因為她喜歡上浦島惠太，而且已經對他告白了。

由於惠太還沒給她回覆，才使得狀況變得更加複雜。

至今保持沉默的金髮學姊這時伸出援手，拯救惠太脫離這個突如其來的困境。

「不過雪菜同學，妳還沒有跟惠太交往吧？」

「唔……」

「我認為就算惠太真的有婚約對象，不是他女朋友的雪菜同學，也沒有資格對他說三道四。」

「唔唔唔……」

雪菜被絢花指摘，顯得有些不滿。

該怎麼說，現場氛圍似乎有點糟。

就連平時敦厚的絢花也變得戰戰兢兢的。

瑠衣看著眾成員的反應，便靠向澪問道。

「我不在的期間發生什麼事了？」

「其實狀況有些耐人尋味。雪菜在暑假對浦島同學告白了。」

「咦、真的假的!?」

「非常震驚對吧。」

「……這麼說來，他們好像在暑假期間約會了……看他整天裝忙，結果還是有空跟女生調情嘛……」

瑠衣知曉原委，便冷眼看向惠太。

不知為何，絢花也跟著冷眼看向惠太。

「被雪菜同學告白，又有瑠衣同學這個婚約對象，你可真受女生歡迎啊，實在叫人羨慕。」

「不，結婚那件事純屬誤會啊……奇怪？絢花也生氣了？」

「我並沒有生氣。就算我真的生氣了，你覺得我是為什麼生氣呢？」

「這什麼哲學問題……嗚、嗯……難道是因為，我妨礙到絢花開後宮了？」

絢花比起三餐更喜歡女生。

本以為她是因為我被女生奉承才會不愉快，沒想到她卻傻眼地嘆氣。

「惠太真的是個大傻瓜耶。」

「大傻瓜!?」

惠太似乎完全答錯。

雖然他除了後宮崩壞之外，找不到其他能讓絢花生氣的理由，不過現在不是哄兒時玩伴消氣的時候。

「總之就跟小雪說的一樣，得先解開誤會才行——浜崎同學，妳知道悠磨先生什麼時間有空嗎？」

「晚上打給他應該沒問題。」

「那麼今晚在我家集合，再一起打給他。」

只要跟乙葉借筆電用就能三人同時通話。

雖然要打電話也行，但是想快點解開誤會，還是得相關人士齊聚一堂，才能把話說清楚。

當天晚上，惠太和瑠衣換上便服，聚集在浦島家客廳。

兩人並肩坐在客廳桌前，看向放在桌面上的筆電，而螢幕上映出一位褐色肌膚的中年男子——

「你們好啊。竟然小倆口一起報告近況，還真是恩愛啊～」

瑠衣的父親，內衣品牌『KOAKUMATiC』的社長浜崎悠磨先生，從一開場就直接爆出誤會發言。

「啊，你們不會想報告關於結婚的事吧？這個嘛，我當然是不會反對啦，不過好歹得等你們畢業再說吧？」

「不，那個……」

瑠衣爸爸不顧惠太一臉困惑，自顧自地說著。

情緒還嗨到讓人以為他是喝醉了。

正如瑠衣報告，他確實認為兩人正在交往。

（沒想到他竟然誤會到這種地步……）

要是放著不管，肯定會讓事情變得更加麻煩，就連身旁的同學目睹家人暴衝，都忍不住露出死魚眼了，得快點解開誤會才行。

「那個，悠磨先生。其實我們就是想跟你談這件事——」

「哎呀——真是太好了。你們倆感情如此要好。」

「咦？」

「我聽瑠衣說了，她感冒時還是你幫忙照顧的，你們晚上似乎還會一起念書。」

「啊，不好意思。這麼晚了還到她房間打擾。」

「完全沒關係啦。反正你們倆正在交往——不過，若是你們沒在交往，那我可就有怨言了。我身為父親，實在無法原諒一個不是男朋友的人，在深夜跑進女兒房間嘛。啊哈哈。」

「…………」

這句話實在讓人無言以對。

悠磨先生面帶笑意，眼神卻無比正經。

「哎呀——真是太好了。要是你們沒有在交往，我就差點要重新考慮讓瑠衣一個人住的事了呢。」

「咦!?」

「她只是碰巧搬到惠太家隔壁，雖說是工作需求，只能睜一隻眼閉一隻眼，但是一想到不是男朋友的男生每晚跑進女兒房間，我就實在是靜不下心啊。」

「就、就是說啊……」

正因為我這個不是男朋友的人每晚都泡在她房間，才只能含糊地點頭同意。

隨後，我腦中浮現一個疑問。

（咦？難不成，如果我們倆不是情侶的事穿幫了會出大事……？最糟糕的情況，說不定浜崎同學還會被帶回老家!?）

如果只禁止瑠衣一個人住也就算了。

要是連和她的僱傭契約也一併撤回可就慘了。

現在 RYUGU 的打版師只有浜崎瑠衣，要是失去她，就會無法製作新作內衣。

到時候，『RYUGU‧JEWEL』將再次面臨倒閉危機。

惠太偷偷看向身旁，瑠衣也一樣面色鐵青，兩人便開始用畫面另一頭的悠磨也聽不到的聲量交談。

「（怎麼辦啦，浜崎同學!?事到如今要是妳被帶回家可就糟了啊!?）」

「（我也不想在累積經驗之前被帶回去啊!!）」

對惠太而言，他必須避免失去瑠衣這名優秀的打版師。

對瑠衣來說，她在惠太底下增進設計能力之前都不想被帶回去。

「……」

「……」

這一瞬間，雙方利害關係完全一致。

兩人互相使了個眼色，同時點頭。

惠太做好覺悟，在悠磨面前大膽地摟住他寶貝女兒的肩膀，而瑠衣也如同撒嬌一般偎著惠太。

儘管與富含魅力的異性超近距離接觸。

浦島惠太仍揮去自然湧現的雜念，全力大喊。

「悠磨先生，請你放心吧！正如你所見，我們可是超級恩愛的情侶！」

「就是啊！我們感情非常穩定，完全不需要擔心！」

瑠衣緊接著惠太說道。

而悠磨先生聽了，則是感動地頻頻點頭。

惠太他們所選擇的，是「暫且保留」的苦肉計。

也就是說，兩人得想辦法欺瞞會錯意魔人浜崎悠磨，並拚盡全力扮演一對恩愛情侶。

第一章　關於我轉職變成內衣痴的婚約對象這檔事

隔天午休，特別教室棟二樓。

惠太在被服準備室，吃著姬咲為他準備的便當，並對坐在對面吃著自製便當的澪，解釋事情的前因後果。

「所以，浦島同學你們現在得裝成情侶是嗎？」

「嗯——話雖如此，這次跟雪菜那時不同，不會有人時時監視我們，相較之下輕鬆得多了。」

「話是這麼說沒錯啦……」

惠太面對現狀表現得相當樂觀，然而澪卻一臉陰沉。

「你有跟雪菜講，你們現在正在假裝情侶嗎？」

「我有傳訊息給她。」

「雪菜怎麼說？」

「她分段打了『我知道了。請你加油。我會支持你。』」

「啊……」

「這顯然是生氣了吧？」

「百分之百生氣了，你晚點最好去哄哄她。」

「我會的。」

「受歡迎的男生可真辛苦。」

「雖然小雪是第一個對我告白的女生就是了。」

她在瑠衣說出結婚話題時也生氣了，估計這次也會發不小的火。

正如澪所說的，晚點最好不經意地哄哄她比較好。

由於惠太滿腦子都在想著這件事，才沒有注意到澪停下筷子，正直盯著自己。

「浦島同學，打算怎麼處理呢？」

「嗯？」

「我是指雪菜的事。你打算怎麼回覆她的告白。」

「啊啊……」

接受告白後需要回覆。

現在姑且是保留回覆，但是總不能一直把這件事擱著，必須在近期做出結論才行……

「說實話，我還不清楚該怎麼辦……我很感謝小雪的心意，不過我還有 RYUGU 的工作要做，至今也從沒考慮過戀愛的事。」

「這世上多的是能兼顧工作和戀愛的人就是了。」

「妳這樣講我倒是無話可說了。」

即使不是工作，而是代換成學業或社團活動。

全心投入的事情和戀愛。

有很多人能夠同時兼顧兩者。

只要有實際案例可循，那要面面俱到就絕非不可能的事，自己的說詞可能只是個藉口罷了。

「這是能跟女演員交往的大好機會耶，我看你乾脆答應如何？」

「這可不行。」

「人家可是這麼可愛的學妹，你到底還有什麼不滿？」

「我並不是不滿意小雪。她很努力，有時嘴巴是毒了點，不過對要好的人非常溫柔，是個很好的女生。」

「沒想到你看得這麼仔細。」

「只不過，我是第一次被人告白，不知道該如何應對……」

「原來如此。意思是浦島同學的優柔寡斷又開始發作了。」

「妳別講這麼直接……」

拜託說詞起碼溫柔一點。

「我知道浦島同學有很多事要顧，但還是希望你多少考慮一下雪菜的心情。」

「水野同學還真是照顧學妹呢。」
「那還用說，雪菜可是我重要的朋友呢。」
「妳們感情變這麼好啊。」
「最近甚至頻繁地用奇怪的表情符號互道早安跟晚安呢。」
「她也有傳這類訊息給我。」
但不是加表情符號，而是加了一堆愛心。
這樣做感覺是不壞，只是每次都得煩惱該如何回覆。
「除了雪菜的事情外，還是早點處理瑠衣爸爸那邊的問題會比較好喔，你不能一直跟她假裝成情侶。」
「說得也對。我還是趕快想個解決方法。」
我也不覺得能一直跟她假裝成情侶。
看來除了得告知自己和瑠衣之間並非交往關係外，還得想個對策讓她不用被帶回家。
「是說水野同學。」
「怎麼了？」
「水野同學今天的便當，比以往還要更加獨特呢。」
「咦，是這樣嗎？」

「嗯，我還是第一次看到從頭到尾塞滿馬鈴薯的便當。」

滗擺在桌上的便當盒裡，清一色裝滿了馬鈴薯。

除了炸薯條和馬鈴薯沙拉等經典菜色外，還有略為特殊的奶油醬油炒馬鈴薯。

「我趁超市特賣買到便宜的馬鈴薯。姑且就取名為『馬鈴薯男爵大行進便當』吧。」

「妳的取名品味還是那麼前衛啊。」

水野同學想出的便當名實在是非常有個性，像是過去有僅以豆芽菜組成的『豆芽菜天堂便當』，和調成辣味的『豆芽菜地獄便當』。

這個名字，確實將馬鈴薯們在便當盒裡昂首闊步的模樣表現得一覽無遺。

「不過光是吃馬鈴薯營養不太均衡，我給妳一塊炸雞吧。」

「可以嗎？」

「這可是加了姫咲特製的高湯醬油調味，很好吃喔。」

「哇──♪謝謝♪」

她的便當看似十分美味，但總覺得營養有些偏頗，還請恕我冒昧獻上配菜。

而她也給了我奶油醬油炒馬鈴薯做為回禮，非常入味好吃。

享受完水野同學幸福的笑容後，繼續努力上下午課程吧──正當惠太這麼想的時候。

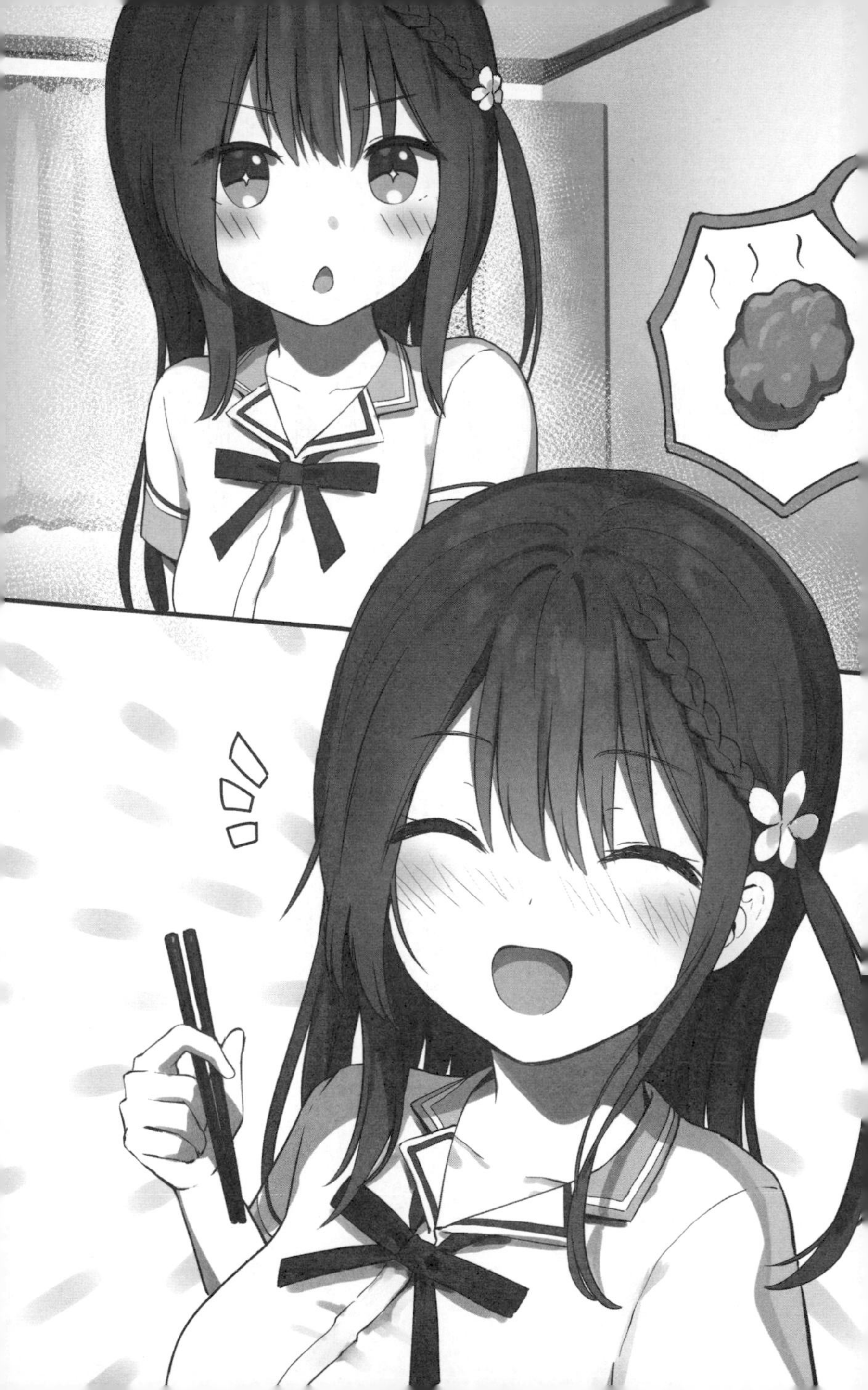

「──浦島，大事不妙了!!」

「浜崎同學？」

昨天似乎也發生了相同情況。

瑠衣用力打開門，驚慌失色地衝進準備室。

「妳怎麼慌成這樣，綁繩內褲的繩子又鬆開了嗎？」

「就說我沒穿綁繩內褲了！你連著兩天扯這東西，是有多喜歡啊!?」

我當然不討厭。

我認為綁繩內褲就是男人的浪漫，我有一個微不足道的夢想，就是總有一天要解開戀人的綁繩內褲繩子，但是看現在的氛圍，似乎不適合講這種蠢話。

「所以呢，到底發生什麼事了？」

「其實，剛剛爸爸聯絡我說……今晚，爸爸媽媽要來我家……」

「……咦？」

這時，惠太才終於察覺自己犯下的錯誤。

這次和雪菜親衛隊那時不同，悠磨先生並不會實際監視兩人，只要裝成情侶就好，不需要太過緊張。

惠太在內心把這件事看得太輕了。

他完全沒想過擱著不管的「誤會」，將會招致何種未來。

「浦島同學，突然就鬧修羅場了呢。你請加油。」

「我、我會努力的……」

惠太以顫抖聲調回覆澪那事不關己的聲援。

平日中午帶來的修羅場消息，威力已經足以讓惠太那樂天過頭的想法徹底轉變了。

幾個小時後，過了晚上七點。在浜崎瑠衣住的公寓裡，有四個人圍繞著客廳餐桌。

神情緊張的惠太和瑠衣並肩而坐。

坐在惠太正面的是脫去西裝外套的悠磨，而坐他身旁的是同樣身穿西裝，看似幹練女強人的戴眼鏡女性。

這位將一頭黑髮纏在後面，眼神尖銳，看似有些嚴肅的女性，名叫浜崎蕾貝卡，照姓氏來看，她應該是瑠衣的母親。

她是悠磨的妻子，同時也是他的祕書。

這位外觀看似精明能幹的女性，與眼鏡十分相襯，五官也與瑠衣神似，但和瑠衣、悠磨不同的是，她的肌膚如雪一般白皙。

（我記得褐色肌膚好像是悠磨先生他們家族的特徵。）

先前好像跟瑠衣聊過這類話題。

順帶一提，餐桌上擺滿了浜崎夫妻買來的炸蝦雞肉之類的拼盤。

「嘿～原乃如此原乃如此～尼們還在用姓氏稱呼彼此啊～」

餐會才剛開始，悠磨先生就完全喝醉了。

他酒量似乎不好，平時也不常喝酒，看來難得見到女兒讓他非常開心，沒多久就打開了自己帶來的啤酒。

「現在的年輕人真是太害羞了，我在學生時期可是比你們更積極呢～」

「我哪知道爸爸年輕時是怎樣，我們有自己的交往步調。」

瑠衣直截了當地代替尷尬到悶不吭聲的惠太回話。

這段期間，蕾貝卡小姐也是一語不發、面無表情地小口喝著啤酒。

「悠磨先生完全喝醉了……」

「真是太扯了……」

父親露出如此醜態，瑠衣忍不住低頭嘆道。

妳的心情我很懂。乙葉一喝酒也是非常誇張，再也沒有比目睹親人醜態更令人無地自容的事了。

「社長，你還是適可而止吧。他們倆都看傻了。」

「寶千啦蕾貝卡小姐～不過，我還是希望妳像平時那樣叫我悠磨——最好在語尾加個愛心♡」

「悠磨，你要是再得意忘形，我可要增加你這個月的加班次數喔♡」

「是，非常抱歉。」

一瞬間，醉漢就安靜下來了。

蕾貝卡隔著眼鏡鏡片的眼神，看向為夫妻上下關係所戰慄的惠太。

「來，惠太同學也多吃點。」

「我、我開動了……」

儘管沒什麼食慾，但什麼都不吃實在太過失禮，我只好抓起一旁的法蘭克熱狗咬下。

「蕾貝卡小姐，是悠磨先生的祕書嗎？」

「是啊，我從結婚前就擔任他的祕書。雖然我叫這個名字，不過我其實是個土生土長的日本人。我父母都是非常荒唐的人，還拿洋片的角色名給我取名字。」

「我和蕾貝卡是在大學時認識的。當時不論我怎麼邀她約會或吃飯，她都無動於衷，真的是讓我傷透腦筋。」

「還不是因為悠磨當時吊兒郎當的，我以為你只是想搭訕而已。」

「我可是從當時就對蕾貝卡情有獨鍾呢。」

「這個話題，我真的是聽到耳朵都長繭了……」

瑠衣一臉厭煩碎念道，看來她是真的聽到爛了。

然而，她的聲調卻沒有帶刺，而是有種家人特有的輕佻口吻。

「是說瑠衣，妳跟惠太都沒有合照嗎？像是約會時拍的那種。爸爸好想看啊～」

「才、才沒那種東西呢！我們根本就沒約會過！」

「……咦？兩人從來都沒合照？」

「一張都沒有嗎？你們應該交往了一陣子才對啊……」

「「!?」」

糟糕。兩人開始懷疑了。

現代年輕人的確是動不動就會找理由拍照。

他們這種生物，一旦外出就會在目的地拍照上傳到社群軟體，吃了外食就會拍下料理上傳到社群軟體。

一對剛開始交往的年輕情侶，竟然沒有拍兩人合照，也未免太不自然了。

「妳說從來沒有約會過是真的嗎？」

「都怪工作啦！我們工作太忙了！」

「對對！我們一直被工作追著跑！」

「啊啊，原來如此。那就沒辦法了。我最近也是忙到沒時間跟蕾貝卡約會。」

「先前說好要約會，也被臨時安插的工作給搞砸了。」

「真的是非常抱歉……」

悠磨吃了這破壞力超群的一擊，便對蕾貝卡道歉。

蕾貝卡本人倒是一派輕鬆地喝著啤酒。

也不知她是不是在宣洩不滿，完全沒看老公一眼。

「不、不過啊，你們和我不同，還年輕得很，別光顧著工作，好好玩樂也是非常重要。只要找到機會就去約個會也不錯啊。」

「……這麼說也對啦。」

「我、我盡量辦到……」

瑠衣和惠太露出笑容含糊帶過。

回答時還冷汗不止。

兩人實際上並沒有交往，因此會露出馬腳也是理所當然，但沒想到這麼快就露餡……看來謊言被拆穿也只是時間的問題。

「對了，乾脆這週末你們倆出去玩吧？然後把約會照片傳給爸爸。」

「你是多想看女兒的情侶照啊……」

「啊，我也想看你們倆的情侶照。」

「怎麼連媽媽也……」

浜崎夫妻提案說，而瑠衣一臉困擾地看向惠太。

「（怎麼辦，浦島？）」

「（還能怎麼辦……）」

父母都說到這分上實在難以拒絕。

如果被他們發現兩人並沒有交往，公司將再次面臨倒閉危機。

為了防止他們把瑠衣帶回家，以及為了把她留在RYUGU，都必須完成出門約會並拍下情侶照的任務。

既然如此，當場的最佳回答只剩下這個了。

「好啊，我們週末就來約會吧，浜崎同學♡」

「哇——第一次約會耶♪好期待喔～♡」

於是這對表面上的偽裝情侶，決定貫徹恩愛設定。

就這麼，兩人決定在下次假日出門約會。

◆

這一天，浜崎瑠衣非常苦惱。

假日的早晨，她身穿輕便居家服坐在房間床上，比對攤在床上的白色與黃色的兩組內衣——

「嗯……該怎麼辦呢……」

她煩惱的原因無他。

正是在選擇今天預定要和浦島惠太約會時穿的內衣。

瑠衣身為內衣製作者，對於自己使用的內衣也有超乎常人的堅持，甚至把自己擁有的道具分成數種級別。

首先是A級。

這是自己特別中意，且只會在特別日子外出時所穿的內衣。

這是品質、設計皆為最高級別的內衣。

其次是使用頻率最高的B級。

這是上學或平時外出時穿的慣用內衣，多半是穿起來舒服，設計可愛得恰到好處的款式。

最後是C級。

這是比起設計更講究舒適，即使亂丟亂放也沒問題的款式，多半是工作或假日在家時穿的內衣。

用到太舊，不想穿去學校的內衣也被分類在這個等級。

順帶一提，其實也有名為決勝內衣的『S級』內衣，但這件得等之後有機會才會亮相——

「約會用的內衣，到底該穿哪件呢……」

總之，C級的絕對免談。

就算對方不是真的男朋友，跟異性出門還選穿這種內衣，實在有損自己的女性自尊。

因此，實際上選項只剩下兩種。

「穿平常用的白色……還是要稍微提起勁穿黃色內衣呢……」

要穿平時穿慣的B級內衣呢，還是要換上中意的A級內衣迎戰呢，這著實是個難題。

「……是說，我又不是真的要跟浦島交往，應該沒必要用心到這種程度吧？」

瑠衣確實很尊敬惠太。

他身為內衣設計師的技術遠超越自己，況且瑠衣也是他設計的內衣的粉絲。

但這和戀愛完全是兩碼子事。

惠太終究是個工作伙伴。兩人的關係僅止於工作。

今天不過是要拍情侶照騙過雙親，不算是真正的約會，為這種事而煩惱實在是有點愚蠢。

最重要的是——

「這樣做，不是搞得像是我非常期待約會嗎……」

瑠衣搖頭甩去多餘雜念。

把這事一直掛在心上實在有點不悅，乾脆穿平時用的內衣吧——正當瑠衣心中的想法往這個方向傾斜時，腦中突然浮現起那傢伙的蠢臉。

「……等等喔？他對內衣痴迷到那種程度，要是一見面就要求我給他看約會用的內褲該怎麼辦？」

不論好壞，浦島惠太都是個充滿工作熱忱的男人。

甚至可說是他的熱忱過度旺盛，還會對女生提出一堆有的沒的要求，難保他不會在今天約會提出要做市場調查，要求想看瑠衣的內褲。

「不是，我當然沒有打算給他看喔？」

也不知是在對誰找藉口，瑠衣說出了模範傲嬌角色般的自言自語，只是一旦浮現這個疑問，就讓人難以放下。

如果他真的要求給他看內褲該怎麼辦？

到時候，自己又穿著普通的內褲該怎麼辦？

瑠衣能輕易想像自己露出普通內褲，卻被對方嗤之以鼻的畫面。

「這真的是有點……不，非常不可原諒……」

該怎麼說，瑠衣身為女性的尊嚴不允許發生這種事。

自己身為花樣少女，即使是面對偽裝約會，也該負起責任做好萬全準備，來因應各種可能性才對啊。

「……咦、糟糕!?已經這麼晚了!?」

她一看房裡時鐘，才發現顯示的時間為八點五十分。

約定的時間是上午九點。

縱使會合地點就在公寓大廳，但考慮到換衣服的時間，也沒空再讓她猶豫了。

「嗚嗚～～～!!就穿這件了！」

擺在床上的白色和黃色的內衣。

少女幾經苦惱後，伸手拿起其中一件，便急忙開始做出門準備。

◇

週末，星期天。約會當天的上午九點前。

惠太在公寓大廳等待，手機傳來了瑠衣的訊息說「抱歉，我現在就出門」，沒多久，盛裝打扮的同學出現了。

「早安，浜崎同學。」

「……哦、哦。」

雖說步入九月，仍保留著夏天的炎熱。

瑠衣的裝扮算是偏近夏裝，她穿著輕薄的上衣搭配健全地露腿的裙子，肩膀還提了個小小的肩背包。

「浜崎同學的外出服好可愛啊。」

「是、是嗎……？」

「嗯，印象中妳除了制服外很少穿裙子。」

「這是約會用的穿著嘛。我們要拍照偽裝成情侶，多少得用心打扮才行啊。」

偽裝女友大人給了個相當正向的評語。

既然搭檔提起幹勁，我自然也得全力迎接這場約會。

於是我們走出公寓，前往車站。

天氣如畫般晴朗，正適合約會，兩人並肩走在街上，瑠衣對惠太搭話。

「所以，今天要去哪？」

「去這裡如何？畢竟是要拍偽裝用的照片，還是找點簡單易懂的約會景點比較好。」

惠太說著，並拿起手機亮出事先調查好的景點。

「啊——好像不錯耶？看起來應該挺上鏡的。」

「那總之先決定目的地是這了——聊這種話題，感覺還挺像是真正的情侶呢。」

「……這，或許吧。」

她停頓了一會才回答，看來是有些害羞。

證據就是轉過頭的她，側臉有些泛紅。

「要不要像對情侶一樣牽手？」

「我想說要讓照片更有說服力，就得盡力扮演真正的情侶。」

「蛤？為、為什麼？」

「哪需要做這種事啊。」

瑠衣臉蛋變得更加紅潤，並快步向前。

惠太微微一笑，一面賠不是，一面追上這位意外清純的同學。

兩人坐電車轉乘公車後，來到鄰近海邊的水族館。

該建築物看似好幾個巨大立方體所組成，造型相當直線條。

櫃檯人員給我們算較為便宜的情侶套票，一進入館內，就看到巨大水槽和在裡面優游的海龜迎接我們。

「我好久沒來水族館了。」

「是嗎？」

「我家爸媽都很忙，很少有機會帶我出門。從小我就幾乎是一個人在家玩，多虧這點，現在完全變成一個室內派了。」

這感覺我懂。

我也是比起出門活動身體，更喜歡看電視或看書。

「啊，不過這間水族館我還是第一次來。」

「我也是。這裡規模雖大，人潮卻不算太多，似乎是個隱藏景點。」

「是喔——」

她雖然只有簡短回覆，聲調卻似乎有些雀躍。

我們拍完海龜，便並肩走向裡面。

裡頭有大小造型不一的水槽，放了形形色色的水中生物，兩人同時停下腳步，開始觀察有興趣的東西。

「啊，浦島你看！有水母耶！」

「真的耶，好漂亮。」

瑠衣欣喜地喊道，她的視線前方是筒狀水槽，裡頭有好幾隻水母和緩地漂來漂去。

那半透明身體搖曳的模樣非常美麗，彷彿是在舞會中翩翩起舞的貴婦人穿的禮服。

「我說浜崎同學，有沒有辦法用內衣將水母的特徵表現出來啊。」

「不對吧，參考水母不就變成透明內衣了。」

「這一點可以在輪廓部分加上透明的蕾絲試試。」

「啊啊，原來如此。這樣或許會很可愛。」

兩人熱烈地討論著自己的小巧思。

聊著聊著還不斷湧現靈感，最後反而是瑠衣開始興致勃勃地討論起來，我們就這麼在水母前面聊了十分鐘。

「是說我們還在約會，怎麼就聊起工作的事了。」

「我也差點忘了。」

不知不覺間，便沉迷於新設計的話題上。

不過，兩人對此並沒有產生反感。

證據就是我和她最後相視而笑。

針對喜歡的事物交換意見，這件事不分任何領域，都會使人感到開心。

「假如我和浜崎同學結婚，說不定在家或出門都會一直聊內衣的事呢。」

「才、才不會發生這種事呢。」

瑠衣雙頰泛紅轉過頭去。

隨後說：「去下個地方吧。」也不等惠太回覆就先邁步向前了。

看著她為自己的玩笑話而害羞還挺有趣的，惠太一邊笑著，一邊跟在她後頭，兩人就這麼離開了水母區。

水族館裡頭較為昏暗，這麼做似乎是為了裡頭棲息的水生動物著想。

話雖如此，也會確保最低限度的照明，不會使人寸步難行。

能同時顧慮到人跟魚的貼心，就好像擁有各種尺寸的胸罩一般，同時呵護胸部豐滿及較為平坦的女生。

「……看浦島這表情，感覺你又在想蠢事了……」

「真沒禮貌，我可是很認真在思考。」

「認真思考什麼？」

「我在想胸罩就像是能包容一切的大海。」

「果然是在想蠢事嘛。」

兩人享受著沒營養的閒聊，隨意在館內閒逛。

在左右布滿水槽的道路上走了一會，突然進到一個開闊的空間。

「哇啊……」

「這可真是壯觀。」

惠太他們停下腳步，眼前所見的，是一個氣派的巨大水槽。

魚群在人工的大海中自在優游，其中有一隻特別大的鯨鯊在裡頭迴游，表現出了王者般的威嚴。

根據手冊所述，這個展示似乎是這間水族館最大的賣點。

「浜崎同學，就在這邊拍情侶照吧。」

「沒有意見——是說不在這裡拍還能在哪拍。」

既然決定了，那就事不宜遲。

碰巧現在沒有其他客人，於是兩人背對水槽並排，惠太將手機舉起。

「浜崎同學，再靠近一點。」

「咦？已經夠近了吧。」

「這樣的距離感比較像是跟感情較好的男性朋友合拍，就一對初次約會樂上天的情侶而言有些不自然。」

「浦島你也太重視細節了吧……」

「既然要做就要想辦法追求品質啊。」

實際上，正如瑠衣所述，兩人的距離已經夠接近了。

不過他們這次要拍的是保證能騙過浜崎夫妻的照片，所以距離至少近到能碰到肩膀才說得過去。

「……好吧。我也是說什麼都不想被帶回家，我做好覺悟了。」

說完，瑠衣便緊靠在惠太身旁。

接著她彷彿是下定決心地「喝」了一聲，牽住惠太的手。

還是十指相扣的情侶牽手法。

雖然與吆喝聲相比，這舉動顯得有些樸素，但這樣反而顯得惹人憐愛，再加上她抬眼看人，更是令人怦然心動。

另外，她的手實在是小到讓人吃驚。

因為她個性較為強硬，才讓惠太差點忘記，瑠衣的身高和澪差不多，算是身材嬌小。

這麼靠著除了讓惠太知道她有多麼瘦小，也使他意識到對方也是一個女孩子。

「如何？這樣看起來絕對像是情侶了吧。」

「是、是啊。」

惠太故作平靜回答，避免心中動搖被人察覺。

兩人緊緊相偎，十指相扣，如此親密的距離，怎麼看都不像是朋友，顯然就是一對情侶。

「那我要拍囉～？」

惠太再次將手機向前伸。

角度看起來像是一時興奮拍下的照片，還讓緊緊相扣的手入鏡。

就這麼，兩人以巨大水族箱這個絕佳的景點為背景，拍出了最棒的情侶照。

◆

隨後扮演男朋友的惠太還拍了幾張恩愛的照片，兩人就這麼享受了水族館，在館內餐廳吃完飯才離開。

「回去還得傳照片給悠磨先生呢。」

「那個我來傳就好。」

「是嗎？那我就全部傳到浜崎同學的手機喔。」

等待公車的期間，兩人坐在樹蔭下的板凳聊著。

身旁的惠太操作手機，沒一會瑠衣手機就發出了簡短的訊息通知，接收到幾張照片。

「這什麼東西啊，也太恩愛了吧……」

仔細一看還真的是羞死人。

尤其是在巨大水槽前十指相扣的那張，怎麼看都是一對笨蛋情侶。

瑠衣實在無法直視液晶螢幕映出的自己，那副面紅耳赤的模樣，不就像個戀愛中的少女嗎？

「這張照片，實在不想給爸爸看到啊……」

「不給他看，今天的努力可就白費了。」

惠太笑著叮嚀說，不給他看可是會面臨公司破產的危機呢。

瑠衣當然也不希望 RYUGU 倒閉，只能乖乖把照片傳給父親。

她一面想著，一面偷看身旁男生的側臉。

（雖然現在講這個也太晚，為什麼我要跟這傢伙約會啊……）

真要說原因的話，幾乎都是自己父親害的。

這點事到如今也無可奈何。

（反正照片拍完，已經要回去了……卻有點意猶未盡……）

想到這我才大吃一驚。

（不對啊，誰意猶未盡了……這樣不是搞得像是我跟浦島約會玩得超級開心嗎……）

我快搞不懂自己的想法了。

光是一早會煩惱要穿哪件內衣就夠奇怪了，如今在他面前還會無法保持冷靜，這究竟是怎麼回事啊。

這不是搞得像是浜崎瑠衣對浦島惠太有意思嗎？

「浜崎同學？」

「咦……怎、怎麼了？」

「沒什麼啦，只是想接下來要去哪？」

「接下來……照片都拍完了，不是要回去嗎？」

既然任務結束，約會應該就到此告一段落，惠太卻露出和藹的笑容說。

「是沒錯啦，不過我覺得就這麼回去有點浪費。畢竟難得能跟盛裝打扮的可愛女生約會。」

「咦⁉」

「妳工作上幫了我不少忙，想說偶爾也讓妳喘口氣。如果妳願意陪我的話就再好不過了。」

「浦島……」

不論理由如何，對方竟然跟自己有著相同想法——

這項事實，使自己喜出望外又感到困擾。

「……我覺得你這一點，真的是很卑鄙。」

「咦？」

「沒事……算了，反正今天本來就是休假，要我再陪陪你也未嘗不可。」

本想正常回答他，但害羞心情卻更勝一籌，使瑠衣用高高在上的態度回覆。

面對瑠衣這般態度，惠太也沒有特別在意，只是露出平時那副微笑，實在讓人看不順眼。

「啊，浦島你看，公車！公車來了！」

瑠衣拿遠處見到的公車當藉口，逃也似地起身。

公車站就在眼前而已。

明明沒有必要著急，她卻覺得面對惠太有點害臊，於是決定暫且撤退重整旗鼓——

「啊!?浜崎同學妳等等!!」

「咦？」

瑠衣被驚慌的聲音喊住，回頭一看，發現惠太從板凳起身，神情認真地看著她。

「浜崎同學，妳冷靜點聽我說……」

「嗯、嗯……」

「妳後面裙子被捲起來，看到內褲了。」

「咦、騙人!?」

是真的。

瑠衣轉身確認，發現裙子下襬一整個掀起來。

看來是坐著的時候卡進內褲裡了，竟然犯下這種花樣少女不該有的失態，瑠衣的臉頰頓時如燃燒般發燙。

「是說，妳竟然穿了我的新作內褲啊。」

「不，這是……」

惠太說得沒錯，她穿的正是先前瑠衣在試穿會時穿的內衣。

剛發售沒多久的全新內衣——這款帶有鮮豔黃色的內褲，是瑠衣在浦島惠太製作的內衣之中特別中意的逸品。

試穿會後，她就拿到這個樣品，沒想到會用這樣的形式公諸於世。

「嗯，浜崎同學果然很適合黃色的內衣。」

「你真的是很不體貼耶!!」

瑠衣立刻用左手把裙子拉正後，便用憤怒之拳直擊不體貼男人的腹部。

所幸四下無人，才沒被惠太以外的人看到。

◇

和瑠衣約會後過了幾天，時間來到九月上旬的某天放學後。

惠太在鞋櫃換穿鞋子，正打算走出校舍，就正好撞見一名胸圍豐滿的學妹，從一年級區域走出來。

「咦，惠太學長？」

「嗨，小雪。」

身穿制服，提著學生書包的雪菜一見到惠太，就彷彿是狗看到了久未謀面的飼主般直奔而去。

「學長今天只有一個人嗎？」

「是啊。」

「真難得。你平時都會跟女生走在一起。」

「別把人說得像是花心大蘿蔔一樣好嗎？」

「我覺得也相去不遠了。你前幾天不是還跟浜崎學姊約會嗎？」

「那不過是為了偽裝而已啊。」

「哼——？」

學妹的視線刺得我坐立難安。

明明沒做任何虧心事，卻莫名產生了罪惡感。

「好吧，算了。惠太學長現在要回去了對吧？今天我沒有工作，我們一起走到中途吧？」

「好啊。」

她的公寓也在車站那個方向。

我沒有理由拒絕，便和她一同離開學校。

「工作還順利嗎？」

「還算行吧，小雪呢？」

「我也還不錯。」

最近我們都是用手機聯絡，沒空直接見面，所以回家路上一直互相報告近況。

在雪菜說完拍攝連續劇時發生的事，這一類自身演藝活動相關的話題後，她突然聲調變得有些低落。

「……是說惠太學長？」

「嗯？」

「你差不多想跟我交往了嗎？」

「嗯嗯!?咳咳!?」

「等等，惠太學長!?你沒事吧!?」

「沒、沒事……只是有點嚇到而已……」

我用手背擦去嗆到時流出的眼淚。

接著在步道停下腳步，再次面向她。

「咦？怎麼了？為什麼突然講這個？」

「沒啊，不過，惠太學長身旁充滿了可愛的女生……除了澪學姊跟絢花學姊，最近還跟浜崎學姊鬧出結婚話題……總之，簡單來說，就是讓我有點焦慮。」

「啊……」

雪菜在暑假後半，向惠太表白自己的心意。

她沒有任何隱瞞，而是將自己的真心傳達給對方。

然而，收到告白後就需要答覆。

澪也說過，這件事沒辦法一直保留下去，必須在近期做出結論才行……

「雖然我知道事情經過……但是你保留告白回覆，還跑去跟其他女生約會，真的是有夠差勁。」

「嗚……妳這樣講我還真的無言以對……」

她說得沒錯。

即使是想避免品牌的危機，竟然保留告白回覆去跟其他異性約會，未免太不誠懇了。

「說到底的，被女生告白還無法直截了當回覆，做為一個男人實在是太難為情了。」

「小雪，妳再追打下去我的血量就要見底了。」

話雖如此，被一個比自己年輕的女生說到這分上，確實是很難為情。

她這麼將心中想法傳達給惠太，肯定是需要相當的勇氣。

現在不是打馬虎眼的時候，若要挽回名譽，就應該老實將自己的想法傳達給她。

「……抱歉，小雪。我現在真的無法回應妳的心情。這不是因為喜歡或是討厭妳，而是我還有非做不可的事。」

「非做不可的事？」

「我還正在修練當中，我必須多加鑽研，讓創立品牌的爸爸認同實力，才能成為獨當一面的內衣設計師。」

「…………」

兩人陷入沉默。

雪菜緊閉嘴巴，邁出停下的步伐。

短裙搖曳，她大大地踏出了一步，又一步。

走到第三步，她又再次停下，在原地回頭。

「那麼，我就等到你完成這件事吧。」

「咦？」

「這是惠太學長必須優先處理的大事對吧？那麼我會等你完成，再來問你的答覆。」

「不過，這樣小雪能接受嗎？」

「可以啊——因為我，喜歡總是全力以赴的惠太學長。」

「……」

看著她那美麗的笑容，心臟不禁發出「撲通」的跳動聲。

這是沒有任何矯飾，充滿好感的話語。

這樣的心意是多麼地犀利，多麼惹人憐愛，連惠太都不敢相信，自己會如此心動。

「啊，既然惠太學長跟浜崎學姊約會了，那我應該也多少能拿點好處吧？」

「咦……？」

學妹說著令人費解的臺詞，一步步靠近。

她一站到身旁，就突然發出了「喝呀！」的可愛吆喝，抱住了惠太的手臂。

遠超越尋常高中生尺寸的豐滿胸部，隔著制服擠壓手臂，使得惠太的心跳因為和剛才不同的理由而提速。

「那個……小雪？妳在做什麼？」

「我在抱住惠太學長。」

「為什麼!?」

「有什麼好緊張的？這就是普通的身體接觸嘛。只是感情要好的學長跟學妹在鬧著玩而已。」

「不、可是……」

「不然是怎樣！你想說女演員不能夠戀愛嗎？」

「我不是這個意思……」

雪菜平時是個普通的高中學生，但她到底是個最近經常拍廣告、上電視的當紅女演員。

這麼一位女生竟然抱著一個名不見經傳的男生。

要是這樣的畫面被第三者看見，肯定鬧出緋聞之類的事。

「總之，妳先快點放開——」

「——惠太？」

「速！」

沒想到剛才擔心的第三者真的介入，使得惠太頓時僵住了。

他戰戰兢兢地轉向聲音來源，車道上停了一輛看似昂貴的外國車（Sports car），一名褐色肌膚的熟人從駕駛座車窗探出頭來。

「悠磨先生!?」

這下大事不妙了。

惠太所能預想到最糟糕的情況，正是與可愛學妹的親熱現場，被這名身穿西裝的中年男子浜崎悠磨看到。

某種意義上來說，狀況比鬧緋聞還糟糕，這使得惠太的精神以驚人速度磨耗。

「悠、悠磨先生怎麼會在這啊？」

「我正好因為工作跑到這附近，所以想順道看看瑠衣的狀況。」

「是、是喔——？原來是這樣啊。」

「先不說那些了，這究竟是怎麼回事？」

「啊，果然無法當沒看到嗎……」

悠磨先生的視線，仍緊盯著抱住惠太的雪菜。

儘管惠太想拔腿就跑，但他僅剩的勇氣和身為社會人士的常識，勉強讓他停留在原地。

「那個女生，是女演員長谷川雪菜對吧？你都跟我家寶貝女兒交往了，怎麼還會跟其他女生卿卿我我的？」

「這個嘛……」

「難不成——是你劈腿了嗎？」

「噫咿!?」

被對方犀利的眼神刺中，惠太不禁發出悲鳴。

這一瞬間，惠太突然理解被蛇盯住的青蛙是什麼心情。

現在的自己，是一名在步道上被大胸部女高中生抱住的男生。

對於深信著惠太和寶貝女兒交往的悠磨來說，這狀況實在不容忽視。

即使想解釋，雪菜仍緊抱著惠太的手愣住。

而瑠衣爸爸則繼續以眼神施壓，彷彿訴說著：「根據答覆我可不會輕易放過你喔？」

如果這世上存在著地獄，一定就是指現在這個地方吧。

（我到底該怎麼辦……）

今天可能沒辦法活著回去了──

惠太不禁仰天，腦中浮現出在公寓等待著自己回家的家人，並預感到接下來將發生本世紀最大的修羅場。

第二章　為社交派對獻上驚喜

碰到悠磨之後，惠太坐著他的車，被帶到之前同一間咖啡廳，他連喝口咖啡的時間都沒有，只能急忙解釋剛才的狀況。

「——所以你的意思是，那女生只是RYUGU的其中一名模特兒，跟你並非特別的關係是吧？」

「正是如此。」

惠太坐在窗邊座位，面色憔悴地說。

他先讓雪菜回去，自己則被半強制地拖到這間店裡解釋三十分鐘，途中岳父還以懷疑眼神死瞪著他，害他有好幾度差點挫敗。

最後總算是成功說服對方。

另外為避免悠磨產生多餘疑慮，惠太決定不說出雪菜對他有好感的事。

（看到那種場面，也難怪他會誤會……）

那在路旁被可愛女生抱住的畫面，旁人怎麼看，都只像是對感情要好的情侶。

我側眼瞧向有些空蕩的店裡，拿起放在前面的杯子。

啜了一口，才發現差點滿溢出來的熱咖啡早已放涼。

「話說回來，沒想到惠太你會認識藝人啊。」

「小雪她平時身體接觸比較頻繁，才會讓你誤會了。」

「跟團隊成員感情要好是件好事。」

「是啊，她願意和我好好相處，我也很開心。」

「這表示惠太是個有為的青年啊。雖然其他女生喜歡你可能是在所難免的事——但是你千萬不能讓瑠衣傷心知道嗎？」

「這個當然。」

惠太被現場氛圍逼得點頭答應。

悠磨先生從頭到尾保持著柔和的微笑，只有提出警告時眼神毫無笑意。

「這麼說來，悠磨先生怎麼會跑來這？你剛才好像說是來看浜崎同學的狀況是嗎？」

「啊啊，是啊。其實我有件事想拜託惠太。」

「拜託我？」

「嗯，正確來說是拜託你和瑠衣兩人。我要舉辦一場派對，希望你和瑠衣一起出席。」

「派對，是嗎？」

「我打算邀請公司的相關人士參加，並在派對中發表瑠衣和惠太的婚約。」

「……呵哇？」

這句話帶來的重大衝擊，使惠太發出了至今從沒發出過的聲音。

整件事聽起來莫名其妙，讓他眼前一片漆黑。

「發、發表婚約是嗎……？」

「是啊，我看過你們先前約會的照片了，看你們交往得如此順利，我真的是非常開心。反正你們將來都會結婚，我想這種事還是早點定案比較好☆」

「這、這樣啊……」

悠磨先生說得意氣風發，似乎是開心過頭。

（這下子，事情真的糟糕了……）

規模整個大過頭，使惠太額頭開始冒汗。

打從一開始，自己就做了錯誤選擇。

當悠磨誤以為惠太和瑠衣在交往時，就不該把這事放著不管。

若要舉例，這絕望感就像把暑假作業扔在一邊不管，到了最後一天根本寫不完。

這一類負債會在未來翻成數倍後要求償還，此乃世間常理。

惠太為了避免 RYUGU 倒閉，決定將誤會放著不管的結果，就是使事態推向完全無法收拾的境地。

那天晚上，浦島家客廳瀰漫著一股低迷的氣氛。

而低迷氣氛的源頭，正是一對相對坐在餐桌前的男女——也就是手肘撐在桌面，雙手交扣抵著額頭的惠太與瑠衣。

「說實話，我沒想到事情會變成這樣……」

「就是說啊……」

雙方的聲調都毫無生氣。

而苦惱的源頭，正是悠磨先生剛才的發言。

惠太一聽到要在派對發表婚約這個問題發言，就立刻將消息分享給瑠衣這個相關人士。

「我太小看爸爸那樂天過頭的腦袋了……竟然辦派對發表婚約也未免做過頭了吧……這樣下去，我們可能真的得結婚了。」

「誰叫我們豈止沒有解開悠磨先生的誤會，還送了大量的恩愛照片給他……」

回想起來，前幾天的約會真的是個壞點子。

過度講求細節拍下的情侶照可說是效果絕佳，現在悠磨完全相信惠太他們真的是對情侶。

結果就是這場婚約發表派對。

「可是，當時我們只能選擇這麼做啊！要是沒交往的事穿幫了，浜崎同學會被帶回家，而RYUGU這次可能真的會倒閉啊！」

惠太悲痛的吶喊響徹了浦島家客廳。

狀況一籌莫展，使他只能趴在桌上大吼。

「——這麼丟人的模樣，實在無法讓姬咲看到啊。」

乙葉坐在稍遠處的沙發上玩著手機說，聽那聲調，似乎是看不下去了。

這名特徵是留著紅色馬尾的嬌小大學生，正是負責RYUGU營運的品牌代表。

順帶一提，這個家裡還有另一名同居者，也就是乙葉的妹妹姬咲，而她人正入浴中不在現場。

「這個狀況，乙葉妳怎麼看？」

「說實話，我只覺得事情怎麼會搞到這麼複雜。」

「妳也太誠實了……」

「事到如今，只能乖乖說出實情道歉了不是嗎？」

「我也想啊，但問題是現在無法這麼做。」

「嗯？為什麼？」

「我爸爸似乎到處對公司的人和關係要好的朋友說，下次派對有女兒和男朋友的喜訊要發表。」

「啊……這下所有人都以為要發表婚約了。」

「所以啊，現在的氛圍實在無法裝作這件事沒發生過。」

問題就在這。

由於錯誤情報已經散布出去，光是解開悠磨的誤會已經無法把這件事壓下來了。

「既然所有人都已經得知事前發表，假如還在派對期間引發問題，會讓悠磨先生的顏面掃地……」

「如果這還害得爸爸公司的業績惡化……」

「狀況實在不堪設想……」

惠太、瑠衣、乙葉三人不約而同地愁眉苦臉。

悠磨舉辦的派對會有許多公司內部及外來人士出席。

如今已經說好將發表特別的消息，若是又將發表取消，恐怕會傷害到他的信用，最糟糕的狀況，是害公司走向衰亡。

即使想解開誤會，也得慎重考慮時機才行。

「嗯……」

聽完以上解釋，乙葉思考片刻後抬頭說。

「既然如此，你們乾脆真的結婚如何？」

「「咦!?」」

「設計師跟打版師情侶不就正好是理想的夫妻嗎？浜崎妳乾脆就別回 MATiC

了，就永遠跟惠太待在 RYUGU 吧。」

「妳突然間胡說什麼呀!?」

瑠衣的褐色臉頰脹成紅色，大喊道。

惠太也無法接受堂姊的言論。

「就是啊，乙葉。妳沒看到浜崎同學這麼排斥嗎？」

「不是，該說我也沒有那麼排斥嗎……跟浦島在一起工作很開心，這樣的未來我也覺得不壞啦……」

「咦……？」

「啊……」

瑠衣說完才回過神，雙頰還泛上一抹羞紅。

她急忙伸出雙手左右揮來揮去。

「剛、剛才那當我沒說！而且結婚這種大事，哪可能這麼輕易就決定……！」

「這麼說也對啦。」

「這才是正常的反應。」

瑠衣總有一天打算回到原本的品牌。

姑且不論結婚，如果她能永遠待在 RYUGU 當然是件令人開心的事，不過這純粹是惠太他們的希望。

「總而言之，當前問題就是要想出派對的對策。」

「爸爸已經說出我們會出席的事了。得想個辦法息事寧人才行。」

然而實際上，這問題越想越是難解。

正因為無法輕易想到答案才會如此困擾。

三人都想不出能圓滿解決事情的方法。

他們沒想到自己造的孽會使事態惡化到如此地步，一想到因為這件事還會給悠磨帶來麻煩，更是湧現出罪惡感。

「雖說我們也有錯，不過會變成這樣都是爸爸會錯意害的，乾脆直接把整個派對毀掉如何？」

「喂，妳認真的嗎？」

「浜崎同學，這怎麼想都太過火了……」

「啊哈哈，我也只是開玩笑，你們別當真啦。」

話是這麼講，但瑠衣的語調似乎非常認真……

事實上，她的確被會錯意的親人搞得團團轉，也許累積了不少壓力。

「乙葉，你有什麼好點子嗎？」

「嗯……反正就是那樣嘛？你們想要一個不讓悠磨先生顏面掃地，也希望讓參加派對的人能夠接受的方案對吧？」

「簡單來說就是這樣沒錯啦……」

雖然是自己提出的問題，但是要一切平安落幕實在太過困難。

瑠衣也是抱持相同心情，愁眉苦臉。

反觀坐在一旁沙發上的乙葉似乎想到了什麼奇策，那張看不出來是成人女性的童顏，浮現出大膽的笑容。

「我說你們。我有一個妙計——有沒有興趣聽聽看？」

「妙計……？」

「究竟是……」

惠太瑠衣面面相覷。

儘管在意乙葉臉上那小孩子想到惡作劇靈感的笑容，但現在他們倆想不出其他點子，除了聽她的話之外別無他法。

「「請務必告訴我們！」」

「好吧。」

乙葉對求救的兩人訴說的，是一個超乎想像的大規模計畫——

想要實現需要許多人手及勞力，然而這對被逼到絕境的惠太他們來說，的確是神來之筆。

這根救命稻草，的確稱得上是能救他們脫出困境的唯一方法。

◇

未來的幾天，可說是每天都過得無比繁忙。

他們得和相關人士緊密聯繫而不被悠磨先生察覺，擔任計畫核心的惠太和瑠衣，更是馬不停蹄地工作。

要說有多繁忙，就是連平日午休都必須拿來趕工——

「浦島同學，你們表情好憔悴喔，沒事吧？」

「啊哈哈……最近工作太忙了。」

惠太和瑠衣在被服準備室面對平板和紙張，而澪擔心地問道。

「昨晚浦島都不肯讓我睡覺……」

「咦!?浦島學長不肯讓妳睡……難道說，你們倆已經登上大人的階梯!?」

曲解瑠衣發言的雪菜大受打擊說。

「沒想到小雪想像力如此豐富。」

在意胸部尺寸，有著純情的一面，還會把事情想歪，的確是很有年輕少女的風格。

「你們一男一女晚上都待在同個房間，本來就會讓人擔心啊……」

「沒事啦，我跟浜崎同學都是工作忙到沒睡而已。」

「我怎麼覺得這樣似乎也沒多健全……」

學妹看似擔心兩人的身體抱怨說。

而坐在雪菜身旁的澪也持同意見。

「我平常都有在講，拜託你們要好好休息啊。」

「嗯……不過，這次算是我們自作自受。」

事情的開端，是惠太他們將悠磨的誤會擱著不管。

而為了阻止這場意想不到的婚約發表，說什麼都必須讓這個計畫成功。

「而且，其實我做得有點開心。」

「這倒是，瞞著別人胡搞一通，的確會讓人情緒高漲。」

惠太和瑠衣不約而同「嘻嘻嘻」地笑了出來，那模樣就好比是邪惡魔女一般。

雪菜和澪看著他們倆，除了嚇傻之外，也只能選擇默默守候——

「這兩個人，滿眼黑眼圈笑個不停耶……」

「我看他們可能沒藥救了。」

兩人聽見如此苛刻的評語，才收起邪惡的笑容。

「總之，這次我們做了許多新嘗試才特別辛苦。而且這次柊奈子小姐也有幫忙，我們還得與她協調。」

「柊奈子小姐，我記得是瀨戶同學的姊姊嘛。」

「嗯，柊奈子小姐是時尚雜誌的編輯記者。我們公司也受她不少關照，有機會再介紹給妳認識。」

除了她之外還有找許多人幫忙，乙葉想出的計畫，牽扯進去的相關人士數量可說是超乎想像，而且計畫變得越來越龐大。

這樣想或許有些不得體，不過光是想像悠磨驚訝的模樣，就使得準備工作愉快不少。

縱使身體發出哀號，幹勁倒是只增不減。

「距離週末派對已經沒時間了，這可是我和浜崎同學『第一次的共同作業』，當然得好好加油。」

「拜託你別用這種說法好嗎……」

瑠衣聽了這頗有深意的說法，便露出微妙表情說。

總而言之，要做的事可說是堆積如山。

除了共同作業之外，還有許多必須執行的任務，而且為避免正式上場出包，還得做好一定程度的「練習」才行。

看來在派對前的每一天，都不容許掉以輕心。

◇

決戰之日的夜晚，惠太在自己房間做準備，此時身穿居家服的姬咲探出頭來。

「哥哥，時間差不多了，準備好了嗎？」

「髮型花了不少時間，但總算是好了。」

「哦哦，看起來好成熟喔。」

堂妹看到堂哥那身與平時不同的裝扮，不禁雙眼發亮。

惠太身穿全新的白色西裝，還把瀏海梳起後定型，便完成了這身不論上哪都不會丟臉的派對打扮。

「哥哥也終於要去參加派對啦——」

「乙葉有教我最基本的禮儀，不過我現在只擔心自己會出洋相。」

「別擔心啦。你做了這麼多努力，一定會成功的。」

「謝謝。」

堂妹的聲援增添了惠太不少信心。

他摸了摸對方的頭，當作是給予鼓勵的回禮。

「對了，乙葉呢？」

「姊姊要做準備就先出門了。說是要去跟那邊的協助者商討，把事情先安排好。」

「雖然聽不太懂，但似乎很可靠啊。」

這一類工作正是浦島乙葉的強項。

她一定會做好舞臺的事前工作，讓我們在正式上場時能大展手腳。

「我也好想參加派對喔——」

「明天還得上學，國中生早點先睡吧。」

「好啦——」

儘管姬咲個性沉穩又是個隱藏巨乳，不過她仍是個國中生。

雖然悠磨說也能帶她來玩，但這次參加派對的多半是工作相關人士，於是我跟乙葉談過，最後讓姬咲負責看家。

此時，擺在桌上的手機發出短暫震動。

我拿起發出訊息通知的手機，確認內容，姬咲則在一旁探頭問。

「是瑠衣姊姊？」

「嗯，說她準備好了，先到樓下等我。」

「讓她等也不好，哥哥還是早點出門吧。」

「說得也對。」

我這邊也準備萬全。

我收起手機，拿起放入慣用平板電腦的包包，離開房間。

「那麼，我出門了。」

「出門慢走。加油喔。」

讓可愛妹妹送行後，惠太便穿上皮鞋，離開了心愛的自家。

他穿過公寓走道，坐上電梯。

從七樓下到一樓的期間，滿腦子都在想今天的計畫——

所以，他完全沒有想像到。

將一同出席今晚派對的「她」，究竟穿著怎樣的裝扮。

「——啊，終於來了。」

電梯自動門開啟，身穿鮮紅禮服的女同學，迎接下到一樓的惠太。

她穿的禮服是胸口敞開的設計，裙子則長短適中，十分典雅。

而臉上的淡妝，更加突顯了她的美貌。

手拿小提包的瑠衣看起來非常華美，還帶有與年齡相符的可愛，甚至漂亮到惠太目睹的那一瞬間，整個人都愣住了。

「浦島，你準備好了吧？」

「啊、啊啊，嗯。準備好了。」

她的聲音將惠太拉回現實。

接下來即將進入決戰之地。

必須打起精神才行。

「是說浜崎同學，妳穿禮服好好看啊。」

「咦？是嗎？」

「嗯，非常漂亮。」

「好啦好啦，謝謝你的場面話。」

瑠衣一派輕鬆地回道，雖然這並不是場面話。

（我都忘了，浜崎同學是有錢人家的小姐。）

她可是社長千金，她家甚至有棟海邊別墅。

這種衣服平常早就穿慣了吧。

感覺和硬是勉強自己穿上正裝的惠太不同，她的裝扮看起來十分相襯。

「浦島穿這樣也挺好看的。」

「謝謝。」

平時公司經營跟跑業務全都交給乙葉，惠太沒有多少機會穿上西裝，而這一件是乙葉認為總有一天會用上而事先準備好的。

與瑠衣相比，確實是有點急就章的感覺，不過還是挺稱頭的。

「那麼，我們出發吧。」

「好——！」

穿成這樣不方便搭電車，於是兩人叫了計程車，前往位於都內的會場。

兩人坐進車子後座。

向中年司機說明目的地後，大約開了三十分鐘。

惠太他們坐的計程車沒被塞車延誤，平安抵達會場。

「這就是有錢人的派對啊……」

浜崎悠磨主辦的派對，是包下飯店的宴會廳舉辦。

總之裡頭十分寬敞，就算是全力衝刺，要跑到相反側的牆壁也得花上不少時間，天花板還高得驚人。

派對採取自助宴形式，桌上擺滿了豪華美食，在場還有許多工作人員。

奢華絢麗大概就是指這樣的狀況。招待的客人似乎超過百人，一介高中生實在難以想像，這樣的活動得花多少預算才能辦成。

「這就是有錢人的派對啊……」

「為什麼要講兩次？」

「所處的世界差異太大，讓我大吃一驚。」

「我聽不太懂你的意思。」

「浜崎同學，這種活動妳參加慣了？」

「算是吧，小時候參加過幾次。」

怪不得沒有任何動搖。

若是自幼參加派對，那麼這樣的畫面對她而言，大概就成了日常的一部分吧。

這使惠太再次認知到，浜崎瑠衣是個貨真價實的千金小姐。

當惠太為了習慣現場氛圍，在會場東張西望時發現。

「這樣一看，年輕人還挺多的耶。」

「在這業界裡，二十幾歲的社長多的是。再來就是跟服飾部門有合作的模特兒吧。」

「經妳這麼一說，確實有不少人看起來像是藝人。」

有些人的氣場顯然與常人有所不同。

還有幾個人在雜誌或電視上看過。

「悠磨先生竟然想在這種場合發表婚約啊……」

「真的令人毛骨悚然啊……」

光是在有這麼多名人齊聚一堂的場合下發表，就已經等同於既成事實了。

到時候，也就無法輕易推翻前言。

不對，應該說即使推翻了，也會給人留下不好的印象。

在眾目睽睽之下發表，就是有這麼大的影響力。

「是不是該先去跟悠磨先生他們打聲招呼啊？」

「現在應該沒辦法吧。我猜他正在跟各家公司的大人物聊天。」

「啊——那的確不該去打擾。」

跟公司的大人物聊天，這實在與自己所處的世界差太多了。

「……嗯？那個人是……」

惠太在穿著華麗的人們，看到一名熟人。

對方似乎也察覺到他的視線，一舉手打招呼，那名留著飄逸短髮的人便走了過來。

「嗨——惠太。」

「妳好，柊奈子小姐。」

這名外貌不輸藝人的美女正是瀨戶柊奈子。

她是惠太朋友秋彥的姊姊，現年二十歲前半。

今天的她穿著正式套裝，將她那與模特兒相當的好身材包覆住，而她的眼瞳轉向惠太身旁的少女。

「這位女生就是瑠衣小姐吧。平時受妳父親關照了。」

「妳客氣了。我平時很喜歡看瀨戶小姐的報導。」

看著兩位美女開始寒暄，惠太也加入話題。

「柊奈子小姐，今天就拜託妳了。」

「是啊，就交給大姊姊我吧。我不會虧待你的♪」

她那大膽的笑容看起來十分可靠。

其實，柊奈子是這次計畫的協助者。

這是因為瀨戶柊奈子她本身是位編輯記者，平時就有寫悠磨經營的服飾品牌報導，所以本來就有被招待參加派對。

如此一來事情就簡單了。

惠太一得知柊奈子會出席派對，就立刻去拜託她協助。

這項請託，她則以「好像很有趣所以ＯＫ」為由輕易地答應了。

她在這次計畫中負責非常重要的環節，所以關於接下來的流程，早就在事前討論完畢，但這點先姑且不提。

「啊，對了。我剛才有跟 RYUGU 的代表談過。」

柊奈子說，並轉向後方。

那邊有一名身穿黑色禮服，坐在椅子上默默吃著披薩的幼女——也就是浦島乙葉。

「那麼，我去向其他人打招呼了。」

「啊，好的。」

柊奈子輕輕揮手並離開現場。

惠太他們目送身穿套裝的美女後，便走向乙葉身邊。

「乙葉。」

「嗯哦？」

乙葉聽到聲音，便停下吃東西的手抬起頭看。

「哦——妳們也來啦。」

「哇……穿著禮服的乙葉小姐，真的是超級可愛耶……」

「多謝——」

今天的乙葉不是穿平時那些輕便的衣服，而是穿著正式的派對禮服。

除了華麗設計的黑色禮服，綁住馬尾的大蝴蝶結也非常可愛。

「哼哼——很可愛吧？她是我堂姊喔。」

「怎麼是你一臉得意啊。」

浦島乙葉小姐（二十歲）冷眼看人說。

惠太才將話題轉回正軌，向這名其實稍稍比自己年長的大姊姊問道。

「乙葉，計畫目前如何了？」

「啊啊，我這邊都完成了。已經跟『那邊的協助者』談好，也做好器材的最終檢查。」

「不愧是乙葉。」

「接下來，在時間到之前你們都先待命吧。」

浜崎悠磨先生預定是在晚上八點「發表惠太與瑠衣的婚約」。

當然，浦島陣營說什麼都必須妨礙他照原定計畫發表，然而凡事都有所謂的絕佳時機。

馬上就要七點半了，距離執行還有三十分鐘的緩衝時間。

「反正還有時間，你們先吃點東西。」

「就這麼做吧，浜崎同學。」

「接下來計畫就要開始了，記得千萬別粗心拿到酒精飲料啊。」

「我會注意的，畢竟我們已經是命運共同體了。」

「嗯，你有自覺就好。」

瑠衣滿足地點頭說，隨後兩人走向附近桌子，打算簡單吃點東西。

此時某位合法蘿莉，訝異地看著兩人。

「……他們感情有這麼好嗎？」

惠太和瑠衣簡單果腹之後，便移動到會場角落休息，而四處打完招呼的浜崎夫妻正好過來。

「嗨，惠太。玩得還開心嗎？」

「是啊，非常開心。食物也很好吃。」

惠太回答，並看向悠磨身旁的蕾貝卡，她默默地點頭示意。

她丈夫今天也穿著灰色西裝，而蕾貝卡卻不像先前在瑠衣家那樣穿著祕書裝扮。

「真難得媽媽會穿上禮服。」

「悠磨說什麼都要我穿上。」

沒錯，今天蕾貝卡小姐穿著非常漂亮的禮服。

除此之外她還拿掉眼鏡，梳成公主頭，和悠磨站在一塊，就儼然是一名社長夫人，而她一副扭扭捏捏、靜不下心的模樣，看起來有些羞澀又可愛。

她不愧是瑠衣的母親，樣貌美到奪人眼目，連悠磨都一臉得意。

只不過，要說現在惠太正在想些什麼——

（蕾貝卡小姐穿著怎樣的內衣啊？）

他只興致勃勃地想著人妻的內衣。

儘管想這種問題實在是罪孽深重，但惠太就是無法停止研究。

在他一本正經地思念著人妻內褲時，悠磨看向手錶說。

「時間差不多到了。接下來要按照預定介紹你們倆的事，跟我一起來吧。」

「知道了。」

「OK。」

惠太和瑠衣答應道，並對彼此使了個眼色。

「（接下來才是關鍵時刻。）」

「（你可別出包啊。）」

兩人被悠磨和蕾貝卡帶到會場正面的舞臺旁。

該處設了幾片隔板，看起來像是個簡單的休息室，而觀眾也看不到裡頭。

「那麼，就由我先登臺打聲招呼，等我使眼色你們再出來。」

「知道了。」

悠磨聽了惠太的回答，不禁微笑點頭。

正當他轉身，打算從舞臺旁走上舞臺時——

突然間，悠磨背後的蕾貝卡踹向他的屁股。

「好痛啊啊啊啊!?」

被害者受到強烈打擊倒下。

另一方面，攻擊他的加害者則立即抓住老公的手臂使之無法動彈，並將他壓在原地。

「等等、什麼情況!?」

悠磨喊出這個理所當然的疑問並轉頭一看。

此時，他才終於發現拘束住自己的犯人是誰。

「蕾貝卡!?」

「悠磨，你覺悟吧。」

「妳這是什麼怪嚇人的臺詞!?妳要對我做什麼!?」

「放心吧。只要不亂動我就不會弄痛你。」

這位人妻似乎玩得挺樂的。

瞧她如此興高采烈地封鎖老公行動，只能認為是她有什麼日積月累的恨意。

「對不起，悠磨先生。是我們拜託蕾貝卡小姐的。」

「……這究竟是怎麼回事？」

不愧是經營大企業的社長。儘管腦中肯定有著無數疑惑，但他仍選擇冷靜掌握當下情況。

惠太不禁對悠磨的勇姿感到肅然起敬，並抓準這個機會告知真相。

「之前我們一直沒說出口，其實我和浜崎同學並沒有交往。」

「……什麼？」

「一直以來，我們是偽裝成正在交往。我們擔心一解開悠磨先生的誤會，浜崎同學就會被要求辭掉 RYUGU 的工作……」

「咦……不、可是……那麼，之前傳的約會照片是怎麼來的？」

「那是我們倆配合好，拍出像是情侶照的照片而已。」

「怎麼會……那麼，你們真的沒有在交往？」

「是的。」

「有結婚的預定嗎？」

「目前沒有。」

「咦咦咦……」

他現在的心情，旁人肯定難以想像。

正當他想要在公眾面前發表兩人的婚約時。

惠太卻坦白兩人並沒有交往，對他而言實在是晴天霹靂。

「對不起，爸爸。我怕沒有跟浦島交往就得被帶回家，所以遲遲說不出口……」

「瑠衣……」

「不過有錯的，基本上是擅自會錯意還徹底失控的你就是了。」

「嗚……」

悠磨一臉苦悶。

還維持著被心愛的女性按倒在地的姿勢，看起來真有點詭異。

「可是、這樣啊……你們倆沒有交往啊……這下子，我得上臺去跟大家道歉了。」

「啊，這點你不用擔心。」

「咦？不用擔心是指……」

「我們不會讓悠磨先生的顏面掃地的，請你放心。」

「關於這點，媽媽有幫我們處理。」

「蕾貝卡？」

「我決定協助他們。」

一被老公以疑惑眼神看著，蕾貝卡就直截了當地自白。

相信大家從蕾貝卡制住悠磨這時間點就能察覺到，剛才乙葉對話中出現的『那邊的協助者』，就是指浜崎蕾貝卡。

她的任務就是暗地幫忙，讓惠太他們能在宴會廳自由行事。

「……你們到底打算做些什麼？」

「你先好好期待，等實際看到就知道了。」

反正都走到這一步了，就先賣個關子。

希望他能以最棒的形式看到我們之間的『成果』。

「反正就算你有再多不滿，如今被我按在地上也無法動彈就是了。」

「蕾貝卡妳差不多能先讓我起來了吧!?」

「啊，惠太同學。投影機我已經準備在舞臺上了。」

「非常感謝妳。」

「聽我說啦!?為什麼對待我就如此隨便!?」

惠太不顧悠磨叫喊，從包包取出平板，確認正常運作後，他和瑠衣便面向舞臺。

「那麼時間也差不多了，我們準備開始吧。」

「開始什麼……」

「總之不會讓你吃虧啦。爸爸你就好好期待吧。」

「瑠衣……」

身穿得體西裝禮服的兩位主角，代替被按倒在地的主辦者，走上了舞臺——

「我現在一整個不安啊……」

「好了啦，悠磨。接下來就交給兩位年輕人吧。」

「蕾貝卡，妳知道他們要做什麼嗎？」

「是啊，你一定會大吃一驚。」

「……既然妳都這麼講的話。」

悠磨的妻子對自己和他人都相當嚴厲。

若有必要，她這個祕書甚至會對社長悠磨提出忠告，既然她都這麼說了，那交給兩人肯定沒有問題。

「……是說蕾貝卡？」

「什麼事？」

「我不會抵抗了，能先放開我嗎？」

「啊啊，我都忘了。」

蕾貝卡稀鬆平常地說著，並放心愛的老公自由。

悠磨站起身來和妻子相偎，並守候著登上舞臺的女兒與其搭檔。

時間剛好晚上八點。

身穿白色西裝的惠太和紅色禮服的瑠衣，於浜崎悠磨主辦的派對會場登上舞臺。

現場似乎裝有攝影機，他們的模樣映在舞臺後的巨大螢幕，會場一見年輕男女登臺，便瞬間寧靜。

「浦島，麥克風。」

「謝謝。」

惠太接過麥克風，接著轉向會場的賓客。

「欸——感謝各位嘉賓於百忙之中撥冗前來參加這場派對。請問大家玩得還開心嗎？」

有好幾個人回答「開心——！」。

這或許是主辦者的開朗個性使然。

連參加的賓客也相當配合。

「非常感謝。請容我自我介紹。在場或許有人知道，我是內衣品牌『RYUGU・JEWEL』的設計師，名為浦島惠太。而這一位是——」

「我是所屬『KOAKUMATiC』的設計師・浜崎瑠衣。」

兩人自我介紹完，臺下傳來了「哦哦～」的聲音。

甚至有認識瑠衣的人熱烈地加油說「小瑠衣好可愛～」。

「其實，今天有非常重要的消息要告知各位嘉賓。是關於我們品牌的事。我想就不賣關子，馬上進入正題了。」

惠太邊說，邊看向瑠衣。

自我介紹結束，瑠衣就拿著惠太的平板接上投影機，接著對惠太點頭示意。

「今天想介紹給各位的是這個！」

惠太的手比向舞臺後方。

透過投影機映在大螢幕上的，是關於某項企劃案的發表資料。

這是放在惠太平板電腦裡的資料，巨大畫面上映出某具纖瘦的半身模特兒，而這具假人身上穿著全新的女用內衣。

內衣的純白質地上，描繪著柔和橙色的圓點圖案，而內褲還加了如短褲造型般的蕾絲下襬。

「這是由她這位 KOAKUMATiC 的設計師，和我這個 RYUGU・JEWEL 的設計師共同開發出來的新款內衣。」

畫面上顯示的，正是我們製作中的內衣原型。

那麼，在此發表不同品牌設計師共同開發的內衣究竟有何意義？

相信在這時間點，就已經有人察覺到了。

安排這次驚喜的人看到觀眾反應，不禁嘴角上揚，接著喊道。

「從下個月，也就是十月下旬起，KOAKUMATiC和RYUGU・JEWEL，這兩個品牌將舉辦萬聖節聯名活動！」

聯名活動的情報終於公諸於世。

會場賓客聽了此項發表，便發出「哦哦——!!」的歡呼聲。

然後——

「聯名活動!?」

比起觀眾，在舞臺旁的悠磨才是最驚訝的人。

也沒辦法，明明是他經營的公司，卻有人暗地做企劃，而他自己竟然渾然不知。

這可真得感謝暗地行動的蕾貝卡小姐。

惠太看現場氣氛熱絡，便再次握起麥克風，給發表畫下句點。

「我們將以這個原型款式為主軸，再額外發表數件交織兩家品牌特色的特別內衣，敬請各位期待後續消息！」

這就是乙葉所想的脫離困境方法。

除了能華麗地迴避掉婚約發表這一大難題，還能透過企劃案衍生出各種工作，為兩家公司帶來利益，可說是一箭雙鵰。

（嚴格來說，現在浜崎同學並不是隸屬於MATiC就是了。）

不過這次是要發表兩家品牌的聯名企劃，讓瑠衣擔任MATiC的代表比較容易理解，才決定用這種方式來介紹。

關於這點，也已經向MATiC的工作人員說明狀況並取得許可。

應該說，工作人員似乎都非常喜歡瑠衣這位社長千金，甚至很高興能夠再次與她共事。

此時，操作電腦的瑠衣走了回來。

「幸好大家的反應很熱烈。」

「嗯——不知道柊奈子小姐有沒有仔細拍下來？」

「似乎不必擔心。你看。」

她手指指向的前方，是舞臺正面稍微靠裡面的座位，柊奈子正手持相機大大地揮手。

「看來那邊也非常順利。」

柊奈子會將這次聯名企劃的內容寫成報導，還說預定會大肆宣傳。

看她的樣子，應該是拍到了足夠的照片。

「這麼一來，就剩下最後一個問題要解決了。」

「得向愣在那邊的爸爸解釋這一切。」

兩人醞釀至今的計畫終於大功告成，現在就剩下最後一個重要工作，也就是對愣在舞臺旁的 MATiC 社長說明原委。

儘管兩人被這難得的大工程弄得精疲力竭，但現在就差最後一步了。

發表聯名活動後，相關人士聚集在位於派對會場附近的休息室。

成員有惠太、瑠衣、浜崎夫妻與乙葉等五人。

惠太他們與夫妻和先前餐會時相同的順序入座，只有乙葉獨自靠在牆邊站著。

看似幼女的她手上還拿著注入紅酒的酒杯，但這點還是不要深究好了。

「──總之，狀況我是明白了。就是惠太你們認為，要是我得知你們沒在交往，就會把瑠衣帶回家，所以才偽裝成情侶對吧。」

悠磨坐在椅子上，聽完解釋後終於完全理解情況。

「蕾貝卡，妳知道他們倆沒在交往啊。」

「先前去瑠衣公寓辦餐會時還沒有發現。畢竟他們倆看起來感情非常要好。」

「這麼一講還真有點害羞呢。」

「我們感情才沒有好到那種程度呢……」

惠太害羞地說，瑠衣則照常發揮自己的傲嬌屬性。

「不過蕾貝卡，這樣瞞著我擅自推動企劃不太妥當吧？」

「哎呀，還不知道是誰打算擅自發表女兒的婚約呢？」

「嗚……」

「這不都是因為你擅自誤會他們倆的關係，還差點把錯誤訊息大肆宣傳給各方人士才會變成這樣？你給我好好反省。」

「是……我以後會小心的。」

這個瞬間，勝負已決。

惠太看著夫妻之間的互動，不禁嘟囔道。

「蕾貝卡小姐好強啊。」

「她是我媽媽嘛。」

「這倒也是。」

看來她的個性強硬是遺傳自母親。

「我們瞞著悠磨先生擅自推動企劃，真的是非常抱歉。不過——讓方向性全然不同的兩家品牌聯手，推出全新的內衣，這麼做是不是令人相當興奮呢？」

「令人興奮是嗎……你爸也經常說出這種話。」

「我爸爸？」

「他從以前就是個冷漠的人，只有聊到內衣跟工作時才會顯得特別開心。就跟現在的你一樣。」

「是這樣啊……」

至今仍未承認惠太是 RYUGU 繼承人的父親。

雖然他打算收掉自己創立的品牌，但在失去愛妻之前，他工作時的確是看起來非常開心。

只要我跟瑠衣還有其他人一起努力，他總有一天會認同我嗎？

此時，瑠衣起身走到父親面前。

「爸爸，關於我之後該怎麼辦……」

「這次的事是我貿然斷定造成的，我沒有打算把瑠衣帶回家。」

「……呼。」

「因為我相信惠太——當然，你要是沒有交往就對我女兒出手的話，我也會做出適當的因應措施。」

「那當然。」

當前最大的憂慮解決了。

如今不必擔心瑠衣被帶回去，只要有她在，RYUGU 就能高枕無憂了。

「話說回來，真虧你們能想到這個聯名企劃。」

「這是乙葉想到的點子。」

「原來如此，是乙葉小姐啊。想不到妳年紀輕輕就如此能幹。」

「乙葉可是我們的軍師呢。」

「不對吧，怎麼又是你一臉得意啊。」

乙葉背靠牆壁，一邊喝著會場拿來的酒，一邊傻眼吐槽道。

「先說好，我已經過二十歲了，所以喝酒也沒有問題。」

「又沒人說妳不能喝。」

「不過我懂，看著乙葉小姐喝酒的確會讓人有些不安……」

也不難理解瑠衣會這麼說。

看到外觀像個小學生的乙葉喝酒，即使理解年齡上沒有任何問題，還是會自然而然地想制止她。

「總、總之，既然事情都演變成這樣了，我也會全力協助。而且你們給我看的資料確實還挺有趣的。」

「謝謝誇獎。」

「但是，接下來可沒有時間悠哉囉？」

「是啊，應該說接下來才是真正辛苦的時候。」

萬聖節聯名活動將在下個月下旬舉行，確實是沒有多餘時間了。

難得舉辦的聯名企劃，總不能只推出一套新商品，接下來還得立即著手製作其他內衣。

「這本來就是因為你會錯意才捅出的婁子，請你全力工作挽回吧。」

「我、我知道了啦。」

瑠衣和惠太只能用關愛眼神，看著被社長祕書兼妻子吃得死死的悠磨先生。

「看到大人被罵的畫面，還真是讓人有點於心不忍啊。」

「那人可是浜崎同學的爸爸啊。」

這時，惠太心想。

即使未來會與某人結婚，也絕對不要變成悠磨先生這樣。

RYUGU 團隊的三人與浜崎夫妻道別後，便離開飯店，叫了計程車回到他們的公寓。

瑠衣、惠太、乙葉，依序搭上電梯，不約而同地嘆氣。

「我已經累壞了。」

「我也是，剛才一直緊繃著神經。」

「惠太……我好累，背我。」

「再撐一下就到家了啦。」

三人除了參加不習慣的派對感到費神外，還被計畫只許成功不許失敗的緊張感給壓得喘不過氣。

「那我回家沖澡睡覺了。」

一抵達七樓，乙葉就如此說道，並快步走回家。

「乙葉小姐似乎喝了不少，這樣還沖澡沒問題嗎？」

「只要不泡澡應該就沒事吧？」

沒有喝酒經驗的高中生實在無法理解這個問題。

「都這麼晚了，我們也早點休息比較好吧。」

「啊，先等一下。」

正當惠太打算跟著乙葉回家時，突然被背後傳來的聲音叫住。

「那個……我有點話想跟你說，可以嗎？」

「嗯——我是沒關係啦……」

「這算什麼不乾不脆的答覆。」

「我只是想都這麼晚了，沒有交往的男女待在一起好嗎？」

「深夜還賴在我房間念書的傢伙在胡說什麼啊。」

這麼說也是。

儘管才剛被她父親叮嚀，但今天應該能放我一馬吧，於是兩人並肩看向外面的風景。

兩人看著大樓的燈光，接著瑠衣開始聊起。

「別看我這樣，其實以前經常有人來提婚事。」

「哦哦，的確很有上流階級的感覺。」

「我對那些事沒有興趣，一直以來都是爸爸幫我回絕的。雖然這話我自己講有點那個，其實爸爸非常寵我，感覺就是不會把愛女交給任何人。」

「這我完全能夠想像……咦？不過，他好像非常支持我跟浜崎同學交往……」

「嗯，看來他真的是非常中意浦島。」

「是這樣啊。」

仔細想想，才發現這麼理所當然的事，若非信賴的對象，怎麼會將愛女交給對方。

更別提是讓兩人結婚了。

「我這麼做，真的是對不起悠磨先生啊。」

「雖然一切都怪爸爸誤會就是了。」

話雖如此，惠太還是認為應該在發生誤會時立刻說出真話。

這樣就不會讓悠磨產生過度期待了。

「……不過，現在我覺得就算跟你結婚，似乎會挺快樂的就是了。」

「咦？」

惠太不禁看向身旁，與雙頰泛紅的瑠衣對上眼。

「我、我單純是指我們的興趣很合啦！」

「啊啊，原來如此。」

惠太也覺得，兩人同樣身為內衣製作者，聊起來的確很開心。

瑠衣咳了一聲，掃去這個尷尬的氣氛。

「先、先不提這個了！接下來得充實聯名企劃的內容。」

「這次是辦萬聖節活動，果然想做出超級可愛的內衣來做為企劃的招牌啊。」

這次企劃將由惠太和瑠衣做為各自品牌的代表，共同設計聯名產品。

為了盡可能壓低價格，提供給更多的用戶，縫製決定交給以低成本聞名的MATiC工廠生產線。

相對的，聯名企劃相關的宣傳和其他雜務則交由RYUGU接手。

關於這點，乙葉會和蕾貝卡磨合意見，分擔任務。可謂是同心協力。

「今天發表的主打原型款式，還得不斷改良才行。」

兩人在派對會場發表的內衣，預定會是這次企劃的主打商品。

這是兩人在這幾天交換意見所做出的作品，儘管加入了許多巧思，但仍有改良餘地。

「試作品已經完成了，乾脆找個人來試穿看看如何？」

「這麼說也對。」

「啊，先說好，可別把我算進去喔？那個設計對我來說可愛過頭了……」

「應該沒有妳說的那麼誇張吧——總之，這件事由我去問好了。」

以萬聖節為主題的頂級可愛內衣。

這件特別商品，也是使企劃成功的關鍵。

在惠太心中，早就選定一名與之相襯的女生，來做為那件內衣的試用員。

「能當主打內衣模特兒的人，就只有她了。」

◇

星期一放學後，惠太在學校的被服準備室等待，一段時間後，搖曳著金髮的兒時玩伴也進到準備室裡。

「你好。」

「辛苦了，絢花。不好意思突然找妳過來。」

看著平板的惠太抬起頭來，絢花的身影剛好映入眼簾。

今天她將包包抱在胸前，彷彿是裡頭放了什麼重要的東西，而那對藍色眼瞳盯著惠太，看似是在警戒。

「所以惠太，今天為什麼找我過來？」

「啊啊，嗯。妳知道我和浜崎同學要做聯名活動吧？」

「是啊，是RYUGU和MATiC共同製作的內衣對吧。」

「那個企劃的主打內衣模特兒，我想拜託絢花來擔任。」

「主打內衣……」

金髮碧眼的兒時玩伴。

惠太自幼就和這位比自己年長一歲的女生相處。

打從惠太從爸爸那繼承了品牌，她就開始擔任內衣模特兒，默默地支持惠太，是他的重要搭檔。

她的本業是模特兒，意見值得參考，對於新人模特兒的學妹們也是照顧有加。

兩人認識非常久，要說她和乙葉一樣，是自己最為信賴的伙伴也不為過。

正因為如此，才會拜託她擔任如此重要的主打商品模特兒——

「這次請恕我拒絕。」

「……咦？」

她的答覆，是惠太從沒料想到的結果。

少女用力抱緊包包，以從沒聽過的冰冷聲調，對眼前愣住的男生說：

「不好意思，你去找別人吧。」

第三章　不起眼ＸＸＸＸ培育法

當天晚上，北條絢花在自家浴室。

她一絲不掛，在濃濃的水蒸氣裡沖著熱水澡，一回想起今天的事，就「唉……」地嘆了口氣。

「惠太，一定生氣了吧……」

她惦記的，是那名兒時玩伴的男孩子。

自己拒絕了惠太的要求。

拒絕協助對他而言可說是再重要不過的內衣製作。

在製作的工程之中，讓模特兒試穿來確認樣品，可說是做出美麗內衣所不可或缺的步驟。

她主動要求協助的契機，得追溯到小學時期。

當時年幼的惠太，說內向又土氣的絢花很可愛。

他溫柔、帥氣，是絢花所珍惜的初戀男生。

正因為如此，擔任內衣模特兒幫助惠太，才使絢花感到如此開心，她對於自己能幫上忙感到自豪，甚至希望這樣的時光能永遠持續下去。

然而——

「第一次拒絕了內衣模特兒的工作……」

至今為止，絢花從沒拒絕惠太的請求。

即使是本業繁忙之時，她也會抽空參加試穿會。

因為被喜歡的人感謝、需要，令她無比欣喜。

起初，這樣的協助關係，只是為了想多少接近對方而起，但不知不覺中，她開始發自內心享受這一切。

她竟然親手破壞了如此重要的關係，實在是無可救藥。

「我……到底在做什麼啊……」

她對自己與內心不一的行動感到厭惡。

絢花聽著連綿不絕的水流聲，雙手抱住自己的身體，蹲坐在地。

「為什麼，事情會變成這樣……」

◇

這一天，惠太在午休的教室，和三位同班女生吃著便當。

「——咦？所以絢花學姊拒絕當模特兒？」

「嗯……」

他在四張桌子拼成的座位，吃著姬咲特製的中菜便當，並說起前幾天發生的事，鄰座的澪聽了則感到意外地蹙眉說。

「我實在有點難想像學姊會拒絕浦島同學的請求耶……」

「我是不是對絢花做錯什麼事啊？」

「不知道耶……絢花學姊和我不同，就算要求她露出內褲，也不會因此生氣才對啊……」

坐在對面的兩人——吉田真凜和佐藤泉聽了這段誇張的對話，不禁露出複雜的表情。

「澪澪她們在聊完全不同次元的話題耶，泉泉，妳怎麼看？」

「我、我也不清楚耶？我實在難以評斷……」

真凜問道，而個頭雖高、膽子卻小的泉則含糊地帶過。

隨後，坐在正面的真凜看向惠太說：

「是說浦島同學，真虧你能這麼自然地混進女生圈子裡耶。」

「啊，抱歉，吉田同學。打擾到妳了嗎？」

「完全不會啊，我只是覺得你的精神力好強，值得尊敬。」

「尊敬？」

「真凜的意思啊，是指她認為男生就是應該要更加積極才對。」

她認為現在的男生草食過頭，應該要變得更加肉食才可以。

肉食過頭會把女生嚇跑，看似完全沒有興趣，身為女生也不會感到開心。

儘管澪熱切地闡述這一類內容，但聽起來實在過度抽象，弄得惠太一頭霧水，腦袋裡充滿問號。

「呃……所以意思是？」

「簡單來說，真凜是因為瀨戶同學都沒有主動進攻，所以在鬧脾氣啦。」

「咦？是這樣嗎？」

「嗚……算是吧……」

真凜一臉不好意思地點頭說。

「我覺得自己已經很努力在示好了呀？可是秋彥同學似乎沒有把我當成女生，而是把我當成普通宅友看待。」

「啊……」

「噯，浦島同學？要怎麼做才能讓他更加喜歡我呀？」

「咦？嗯、嗯……」

怎麼辦。

本來只是想找她們談談絢花的事，卻反倒變成幫她戀愛諮詢了。

雖然這發展出乎意料，但實在無法將她的心情置之不理，於是惠太也試著認真思考。

「我看乾脆穿上符合秋彥喜好的決勝內衣勾引他如何？」

「決勝內衣!?」

真凜聽了這預測不到的提議，頓時面紅耳赤，驚慌失措。

「還什麼如何。當然是駁回好嗎？」

澪則是早已習慣，一口拒絕了惠太的點子。

「不、不過光是現在能直呼彼此名字，跟春天時相比，就已經有了很大的進展吧？」

坐在真凜旁邊的泉急忙幫腔說。

「泉泉好溫柔～喜歡～」

真凜維持坐姿，感激地抱住泉。

關於這點，惠太也持同意見。

泉非常貼心，總是為對方著想，讓人抱持好感。

至於話題中的帥氣男生瀨戶秋彥，雖然惠太有邀他吃午餐，但他說今天要去學生餐廳吃飯，就早早離開教室了。

不擅應對女生的他，要面對這種大陣仗吃飯，的確是有點困難。

「反正真凜的戀愛諮詢基本上都是在放閃，就先不管了──關於內衣模特兒，不能拜託雪菜嗎？」

「我當然是打算拜託水野同學妳們啦，不過我還是希望由絢花擔任主打內衣的模特兒。簡單來說，就是形象問題啦，這次的內衣讓絢花來穿是最適合的。」

「原來如此，是形象問題啊。」

澪也做了一陣子模特兒。

所以對於這方面的事變得多少能夠理解，也明白惠太對於內衣製作有著異常的堅持。

「那麼，你就得想辦法說服絢花學姊了呢。」

「要怎麼做她才會答應接受啊？」

「這個嘛……先調查看看她拒絕幫忙的理由如何？」

「理由喔……」

「這種事浦島同學應該比較清楚吧？你們可是兒時玩伴耶。」

「問題是我完全想不到啊。至今從來沒有發生過這種事。」

「她不會是終於對浦島同學的變態程度感到厭煩了吧？」

「如果理由是這點，她應該早就厭煩了吧。」

她從小就接受了無數次性騷擾。

一見面就被掀裙子的次數也不計其數。

即使是如此，她也願意協助惠太工作，這樣一個女孩子，事到如今會因為何種理由離開，實在是叫人難以想像。

「絢花學姊近期本業似乎很忙，是不是跟這點有關啊？」

「這麼說確實有可能喔……」

絢花的模特兒活動以「瀧本絢」為藝名。

最近她在時尚雜誌深受好評，加上現在是推出冬季新作的尖峰時期，聽說她拍攝工作接二連三地進來。

因此，她就連週六、日或放學後都很難抽出時間。

「可是，我總覺得應該不是這個原因……」

之前她工作再忙，都會為了惠太騰出時間。

然而，前幾天的絢花卻用類似在警戒的眼神看著他，就連拒絕幫忙的語調也異常冷淡。

這其中的意涵是——

「她會不會是在避著浦島同學吧？」

「咕哈!?」

那一瞬間，惠太趴在桌上。

澪指出的答案，對他的內心要害造成致命打擊。

「澪澪，妳真的一點都不留情耶……」

「浦島同學，你還好嗎？」

「還，還好……」

惠太勉強答覆了關心他的泉。

「避著我，是嗎……」

儘管不希望這是正確答案，然而不明白原因，也就無從否定這可能性。

惠太唯一清楚的事，只有一個。

就是對自己而言，北條絢花這女生是非常特別的存在。

正因為非常珍惜她，被兒時玩伴迴避的推測，才對惠太造成了超乎想像的精神打擊。

吃完午餐，惠太便離開教室，走向位於校舍四樓的三年級教室。

「總之，我得先找絢花談談才行。」

哪怕對方才回絕沒多久，但是害怕失敗，就無法成就任何事。

儘管想過傳簡訊問她，不過為表誠意，惠太還是決定當面拜託她。

他下定決心，穿過三樓走廊，走到樓梯，正好撞見一名從樓下走上來的女學生。

「咦，小雪？」

「啊，惠太學長。」

這人正是一年級的長谷川雪菜。

她不只是現正當紅的年輕女演員，還有著看不出是女高中生的傲人G罩杯，然而今天的她，比平時還要更加強調那豐滿的胸部。

原因是，她現在抱著大量的講義。

而她那對雙峰，就正好整個靠在講義上。

「妳手上那些是？」

「老師拜託我拿的。」

據她所述，似乎是老師到班上找人打雜，碰巧班長不在，於是拜託了剛從廁所回來的雪菜。

之後，又要她從教師辦公室把講義搬到四樓的地學準備室。

「運氣真不好。」

「換作是平時，我就拜託親衛隊的人代勞了，偏偏今天找不到人。」

「雪菜親衛隊原來還沒有解散啊。」

過去真的是被他們害慘了。

就惠太個人來說，實在不想再與他們扯上關係。

「總之，我來幫妳搬講義吧。」

「咦，可以嗎？你不是有事要辦？」

「可是，我看妳搬這些好像有點辛苦。」

如此被講義強調的胸部，給年輕男學生看到實在有害。

也不知為何，惠太實在不太希望她這樣子被別人看到。

於是他將學妹手上大半的講義拿去。

她抱著的講義對男生來說並不算太重，不過對嬌小的雪菜而言可就不一定了。

「你好溫柔喔。」

學妹露出了惡作劇般的壞笑，並以試探眼神看著惠太說。

「你這樣賺取我的好感度，到底是有什麼打算呀？」

「我哪有什麼打算。」

「原來如此，惠太學長是想恣意玩弄我的大胸部是吧。」

「我才沒這麼講好嗎？」

拜託別給我冠上莫須有的罪名。

「別浪費時間了，趕快搬過去吧。」

「啊，等等我啦～」

惠太抱著講義走上階梯，雪菜便從身後追上來走在我身旁。

兩人就這麼走往四樓。

越過三年級教室，走向地學準備室。

惠太還趁機在絢花教室前偷偷打探，不過那位金髮少女似乎不在。

兩人把講義搬進沒上鎖的準備室，隨意放在靠牆桌子的空位上，任務就此完成。

剩下的老師應該會自己處理吧。

「謝謝學長幫忙。」

「不客氣。」

如今事情辦完，兩人便一邊對話，一邊走出準備室。

「對了，惠太學長原本是打算去哪啊？」

「啊啊，我有事去找絢花。」

「找北條學姊？」

「剛才我看過她教室，人不在裡面。」

「學姊的話，就在那邊啊。」

「咦？」

惠太看向雪菜指著的地方。

現在是午休時間，還有不少學長姊在走廊上，然而沒有人比絢花更醒目好找了。

「唔。」

惠太反射性地從準備室前奔馳。

這樣的距離不會追丟。即使是如此，他也加快腳步，盡量避免撞到別人，跑到目標背後對她搭話。

「絢花！」

「……咦？」

絢花被叫了名字，便搖曳著金色頭髮回頭。

確認惠太身影的一瞬間，她那藍色眼瞳流露出動搖的神色。

「惠太……你怎麼在這……」

「我想再和絢花談談。」

「……已經沒什麼好談的了。」

絢花別開視線，以與昨天相同的冰冷聲調回答。

她一瞬間瞥向隨後過來的雪菜，隨後轉身結束話題。

只不過，惠太無法就此退讓。

「等一下！」

在思考之前，身體就自己行動，抓住了她的手。

「你夠了沒——」

「我只剩下絢花了！」

「……咦？」

那一瞬間，絢花瞪圓眼睛，一臉驚訝。

本想把手甩開的兒時玩伴一動也不動，惠太心想這正是大好時機，於是將心中想法全數傾出。

「我已經決定好，這次非絢花不可了，事到如今，我沒辦法去找其他女生！其他女生沒辦法滿足我……我已經非絢花的身體不可了！」

「惠太!?你到底在胡說什麼呀!?」

兒時玩伴情緒激動地說。

然而，惠太那翻騰的熱情已經停不下來。

為了不讓對方逃走，他雙手緊握住絢花的小手。

「拜託，能為了我再脫一次嗎？」

「等等!?」

老實說，惠太也感覺到自己說了不少危險發言，但都說出口了也沒轍。

順帶一提，不清楚狀況的雪菜則在一旁不知所措。

「發生什麼事啊？」人們聽到這陣喧譁便圍了過來。

被同學們投以好奇視線，使兒時玩伴那白皙的臉龐，變得跟迎接收穫的蘋果一般緋紅。

「真是的，你夠了喔!!」

「啊……」

惠太的手被揮開，才使他終於恢復冷靜。

而突然被強制在眾人面前玩起羞恥 play 的絢花，除了肩膀哆嗦不止，可愛的臉龐也被怒氣和羞恥搞得滿面通紅。

「絢、絢花……？」

「……我不當 RYUGU 的模特兒了。」

「咦!?」

「我再也不當惠太的模特兒了，以後不要再找我說話！」

「絢花!?」

絢花用力把手揮開，再次企圖逃走。

而惠太反射性伸出的手，這次徹底落空。

絢花離開時的眼神，明確地表露出了拒絕的意識，使得惠太乏力坐倒在地，無法再追趕下去。

「惠太學長!?你沒事吧!?」

雪菜上前關心。

不過，學妹的聲音卻遠得像是其他世界發生的事。

惠太滿腦子，只想著兒時玩伴剛才斷絕關係的話語——

「絢花……為什麼……」

惠太雙手撐地，因心中第一次發生的情感所動搖。

那就好比是心中開了一個大洞，而重要的事物從裡頭掉出，使他感到無比空虛。

他從沒想過被親近對象所拒絕，會是如此受傷的事。

順帶一提，這次事件之後，惠太被當時在場的高年級們烙上了「對絢花告白卻被擊沉的學弟」的印記，只能說有些事還是別知道的好。

當天放學後，他在老地方被服準備室向瑠衣說明事情經過，坐在對面椅子上的工作伙伴臉色頓時陰沉下來。

「……意思是，這次學姊沒辦法幫忙？」

「真是抱歉……」

「已經沒有時間了，我想快點找人試穿啊。」

「我想，她應該是有什麼苦衷才對……」

北條絢花很顯然是有所隱瞞。

不過這件事可能非常難以啟齒，她連理由都不肯說，就直接讓惠太吃了閉門羹。

「惠太學長突然說出了像是告白般的臺詞，真的是嚇死我了。」

「畢竟我還沒跟小雪說明狀況嘛。」

惠太對坐在身旁的雪菜說，此時坐在斜前方玩手機的澪加入話題。

「我也傳訊息拜託她了，可惜沒用。」

「連澪學姊拜託都沒用……這下，狀況非常糟啊……」

一股陰鬱氣氛籠罩著在場成員。

北條絢花最喜歡女孩子了，她還特別中意澪。

現在連澪請託都沒得到令人滿意的答覆，那表示狀況真的是相當危急。

「北條學姊，甚至還對惠太學長說『不要再找我說話』呢。」

「我的血量（HP）已經降到零了……」

惠太回想起中午的那一幕，忍不住趴在桌子上。

看來被絢花拒絕的事，造成了超乎他想像的重大傷害。

「長谷川，你別給浦島最後一擊啊。」

「我也是無心的啊……」

「他現在都快變成沒有幹勁的殭屍了。」

「嗯……要怎樣你才能打起精神呢？」

雪菜說著，並雙手將裙子掀起。

這名黑髮學妹不顧瑠衣和澪露出驚訝神情，還一臉壞笑地搖了搖裙襬。

「惠太學長你看，是你最喜歡的女生內褲喔？」

「……嗯，很可愛。」

儘管露出的藍色內褲非常可愛，但惠太看了仍然無法恢復心靈的血量，再次趴在桌上。

「嗯，看來病得不輕呢。」

「我說妳到底有什麼問題啊，怎麼突然就給他看內褲……？」

學妹的行動讓瑠衣整個嚇傻了。

雪菜則是一臉不在乎，還看似開心地把裙襬放下。

「姑且先不說內褲了，總之浦島同學看起來是病得不輕。」

「也對啦……我好像是第一次看到浦島這麼無精打采的模樣……」

「惠太學長平時總是莫名積極進取嘛。這表示被北條學姊拒絕的確是造成了不小的衝擊。」

雪菜回到座位，摸了摸惠太的頭。

打從告白之後，學妹就變得特別溫柔，讓惠太都快迷上她了。

「……抱歉我打個岔，長谷川妳到底喜歡上浦島哪一點啊？這傢伙可是個超乎常人的變態喔？還是會親手洗女生內褲的傢伙喔？」

「說得可真過分……」

惠太聽了瑠衣的發言忍不住抬起頭說。
「對啦，我也覺得成天想看女生內褲的確是有點問題。」
「咦？小雪都不願意幫我說話嗎？」
「可是他有很多出色的優點啊。我喜歡有點變態卻溫柔的惠太學長。」
「小雪……」
看著雪菜的可愛笑容，惠太不禁怦然心動。
他聽了頓時感到害臊，而另外兩位女生似乎也是一樣……
「總、總覺得連我聽了都感到有點害羞……」
「這個玩弄女性的傢伙……」
「拜託不要趁機罵我好嗎？」
姑且不論澪，瑠衣的視線確實刺得惠太坐立難安。
那完全是看著「女性公敵」的眼神。
「總、總而言之，在得到絢花協助之前，試穿會就暫時停辦吧。」
「要是我能幫忙當模特兒就好了。」
「小雪的心情是讓我很高興啦……」
「這次的試作品是給身材嬌小的女生穿的，長谷川來穿會有點……」
兩位設計師說著，並不約而同地看向同一個地方。

不用說也知道，就是那被制服包覆住的傲人雙峰。

今天可愛學妹的胸部也是一如往常的豐滿。

到了晚上，惠太吃完晚餐，便待在房間面對書桌。

「嗯……感覺就是不太對勁啊……」

慣用平板上顯示的，正是聯名企劃中的看板內衣設計圖……

「這件內衣是整個企劃的代表商品，設計上絕對不能夠有所妥協……果然還是得讓絢花試穿過……」

內衣必須要讓女孩子穿在身上才算得上是完成。

所以試穿樣品乃是必要工程，為此，北條絢花這位模特兒的協助可說是不可或缺的，可惜現在卻無法找她幫忙。

「我看乾脆自己穿吧……不，這麼做怕是會發生慘不忍睹的悲劇……」

這個臨時擠出的點子立刻被惠太自己駁回了。

他忍不住想像了身穿可愛內衣的男高中生，這般不堪入目的畫面。

「說到底，樣品本來就是照絢花的尺寸做的。」

這是打版師瑠衣以絢花的體型量身訂做出的極品。

別說是惠太了，就連個子比他小的瑠衣跟澪都穿不了。

「……先去泡杯咖啡吧。」

再想下去也是浪費時間。

惠太如此判斷，起身打算轉換心情。

他伸了個懶腰，走出房間，朝走廊盡頭的客廳走去。

「……咦，姬咲？」

有人早他一步進入家族的休憩空間，今天也綁著側馬尾的姬咲正坐在沙發上。

——還用雙手抓住左右胸部。

「啊，哥哥。怎麼了嗎？」

「我想來泡杯咖啡……姬咲妳在做什麼？」

「啊啊，這個？這是豐胸體操。」

「豐胸體操？」

「剛才電視上有示範，說是這麼做能讓胸部變大。」

「嘿——」

多麼出色的體操。

只要能讓所有女生擁有自己追求的理想胸圍，那麼世界上的爭端肯定會減少數成。

「不過，姬咲應該不需要再變大了吧？」

浦島姬咲現在的胸圍是E罩杯。

這尺寸會被分類在巨乳，考慮到她現在才國三，戰鬥力已經是相當充足了。

然而，她卻「嘖嘖嘖」地搖手指說：

「若是安於現狀，人就無法繼續成長喔。」

「這麼說也對。」

「雖然這句話是跟姊姊現學現賣的。」

「是說乙葉沒打算做這個豐胸體操嗎？」

「我之前有邀她一起，她說她已經放棄了。」

「啊啊，意思是她以前曾經試過啊……」

竟然讓胸部有著千千百百種的尺寸，上帝真是殘酷。

「我覺得乙葉的A罩杯也是相當珍貴，希望她一直維持著現在的模樣。」

小又何妨。

希望乙葉那永久不滅（eternal）的小奶能獲得幸福。

「總之能變大或許會比較有利，我想為了將來努力培養胸部。」

「這我知道，但妳可千萬別在學校做喔？」

「別擔心，我絕對不會在其他男生面前做這種事。」

「那就好。」

這畫面對國中男生來說實在有害。

有這麼一個懂得分寸的妹妹，身為哥哥實在感到開心。

「我要泡咖啡，姬咲要喝點什麼嗎？」

「那我要熱可可。」

「瞭解。」

惠太接受訂單，走向廚房。

熱水壺裡還留有熱水，在惠太準備即溶咖啡粉跟可可粉時，姬咲一邊做著豐胸體操，一邊對他搭話。

「是說哥哥——」

「嗯——？」

「最近發生什麼事了嗎？」

「咦？為什麼這麼問？」

「總覺得難得你無精打采的。」

「啊……」

儘管惠太有盡量不表現出來，但姬咲似乎還是察覺出些微的變化。

惠太猶豫是否要說出口，此時姬咲中斷體操轉向他。

「你可以多依賴我們啊。我們是一家人耶。」

「姬咲……」

「啊，對了。我聽說摸女生胸部能夠放鬆心情，你要不要試著摸摸看？」

「這就不用了。」

這樣絕對會超過家人不可跨越的那一線。

儘管有些可惜，不過摸堂妹胸部這事之後有機會再說吧。

「先不開玩笑了，有什麼事要不要跟我談？」

「這個嘛……」

反正窩在房間裡只會東想西想的，說出來也許是不錯的選擇。

惠太得出結論後，便泡好自己的咖啡和姬咲的熱可可，並拿回客廳。

他把馬克杯遞給姬咲後坐在隔壁，啜了一口咖啡。

「其實，我跟絢花吵架……這算吵架嗎？總之她似乎避著我。」

「避著？」

「我拜託她當內衣模特兒被拒……今天她還說別再找她說話。我是不是對她做了些什麼啊……」

「原來發生這種事……」

「她看起來非常生氣，我可能沒辦法再拜託絢花當模特兒了……」

她連續拒絕了兩次模特兒委託。

而今天的第二次挑戰招致了最糟糕的結果，惠太一不小心失控，害得對方認真生氣，最後弄得像是吵架收場。

「哥哥覺得這樣好嗎？」

「咦？」

「跟絢花姊姊失和，就此道別，這樣真的好嗎？」

「我……」

姬咲以告誡聲調說道。

使得惠太重新正視了自己因打擊而假裝沒看到的事實，以及有可能會就此失去絢花的未來。

他立刻就得到結論。

「……我不希望絢花離開。我想跟絢花和好。」

這點連想都不用想。

事到如今，他不可能和絢花斷絕關係。

對方是自幼認識的朋友，是以模特兒身分支持自己的搭檔，還是重要的兒時玩伴。

「我再去找絢花談談。」

「嗯。」

「失敗了就繼續努力。」
「就是這樣喔，哥哥。」
「她可是擁有我理想中的B罩杯，小奶模特兒除了絢花之外不會有其他人選。」
「哦，又恢復成平時的哥哥了。」
看到哥哥恢復，姬咲開心地祝賀道。
「不論碰到任何逆境都不會放棄，這才是哥哥的優點啊。」
不論過去的澪如何排斥，他都不願放棄，最後還成功說服對方成為模特兒。
這一點大家可說是有目共睹。
「好了，那我就繼續努力吧。」
那怕絢花如何拒絕都沒關係。
不論是為了尚未完成的新作內衣，還是為了最重要的兒時玩伴，他都會努力去追求對方。

◇

隔天放學後，金髮兒時玩伴出現在早已化為據點的被服準備室。
而且是以被跳繩綁在隨便擺在房間角落的椅子的狀態。

絢花看似不悅，瞪向眼前的惠太說。

「惠太……」

「怎麼了？」

「你這樣算是犯罪了吧？」

「啊哈哈。」

「你怎麼還笑得出來啊!?」

絢花怒斥道，彷彿是為遭受如此隨便的對待感到不滿。

不過，關於這點惠太也有話想說。

「我才是被絢花嚇到了，沒想到妳真的會因為那樣的訊息跑來。水野同學已經做好完全準備要接受妳了，這種話正常來說都不會有人信吧。」

「怎麼想都只是誘餌呢。」

在惠太身後的澪接著說道。

這次是她用手機協助惠太逮住絢花。

「我也知道這應該是謊言，但還是抱持一絲希望前來啊！能跟澪同學共度一夜，聽到這種話我哪可能不來！」

「我很喜歡絢花毫不隱藏慾望的這一點喔。」

惠太他們設下陷阱，讓失和中的絢花造訪這個房間。

也就是讓澪傳假訊息過去，騙她來到被服準備室。

不僅被騙，如今還被人綁起來，會有一兩句怨言也是無可厚非的。

「那麼浦島同學，我就先離席了。」

「嗯，謝謝妳。」

澪貼心地先行離開，現場只剩下被綁住的女生和主犯。

「好了，我們馬上開始吧，絢花。」

「……幹麼？你要硬是讓我穿上內衣？」

「我才不會做出那麼粗魯的事。我今天只是想跟妳談談。幸好絢花似乎還有心回應我。」

「……」

不論絢花有多麼喜歡女生，也實在難以想像她會中如此明顯的陷阱。

所以她八成不是被引誘過來，而是憑自己的意志前來。

「要談倒是無所謂，但我不會當內衣模特兒喔？」

「我就是不明白這一點。為什麼突然說出那種話？妳至今都沒有排斥當我的模特兒啊？」

「我要行使緘默權。」

「竟然來這招。」

雖然早就預料到了，但她果然沒打算老實說出理由。

「要找模特兒的話，找雪菜同學或瑠衣同學不就好了？」

「嗯？為什麼會扯到小雪跟浜崎同學？」

為什麼會提起這兩人的名字？

這一瞬間，平時遲鈍到不行的浦島惠太，突然發揮了神一般的觀察力。

「難道說絢花妳……」

「怎、怎樣……？」

「是嫉妒那兩人？」

「唔!?」

一指出這點，絢花便一口氣漲紅了臉。

很顯然是被說中了。

「咦，真的？因為最近我都很少陪絢花？」

「……就、就算是這樣又如何？」

「原來如此，是這樣啊……絢花是活躍於雜誌上的職業模特兒，而我最近卻老是找其他女生試穿，所以妳才會嫉妒啊。」

「為什麼會解讀成這樣!?」

「嗯嗯，沒關係。妳不用說我都懂。我很明白，絢花是最棒的模特兒喔。」

「你根本就什麼都不懂嘛!?」

或許是因為發出大吼，絢花整個人氣喘吁吁。

「……我的確是嫉妒了，但不是這個意思……」

「？？？這是怎麼回事？」

雖然不太明白，但這見解似乎有誤。

絢花隨即「唉……」地嘆了一口氣。

「夠了啦。我開始覺得自己為這種事煩惱有點蠢了。」

「煩惱？」

「……最近惠太只顧著陪雪菜同學跟瑠衣同學……明明我才是惠太的第一個模特兒……」

「妳的意思是……」

回想起來，這半年來一口氣增加了不少同伴。

澪在春天成為同伴，沒多久，雪菜和瑠衣也加入了。

隨著成員變多，惠太開始會拜託大家試穿內衣，因此除了絢花外，跟其他女生互動的機會也變多了。

「我最近的確是陪小雪減肥，又是陪浜崎同學構思聯名企劃……難道說絢花，妳是感到寂寞了？」

「……你好壞心眼。不用全說出口也沒關係吧。」

惠太聽了她的怨言忍不住笑了出來。

可愛的兒時玩伴說出如此可愛的話，反而令人高興。

本以為她有更加重大的理由，反倒使原本緊繃的神經徹底鬆懈下來。

「咦？不過，那妳為什麼要避著我？」

「嗚……那是因為……」

她頓時難以啟齒。

還在椅子上扭扭捏捏的，彷彿是為了隱藏什麼東西。

而且她現在被跳繩綁住，應該是無法隱藏任何東西——

「……嗯？」

那一瞬間，不對勁的感覺急速攀升。

「嗯嗯嗯～？」

那股感覺的來源在於她的胸部。

應該說，為什麼自己到現在才發現這件事？

她那拘謹又美麗的胸部曲線，竟然散發出不自然的人工物氣場。

「難道說絢花……妳在胸罩裡加了胸墊？」

「唔!?」

這如神之裁決般的追問，使得絢花雙頰霎時染成朱紅色。

這時她才似乎是放棄了一般地自嘲笑說。

「呵，沒想到會被察覺到。」

「不，老實說，除了我之外應該沒人能分辨出這種程度的誤差。」

「所以我才不想被惠太仔細盯著啊。」

即使胸圍幾乎與過去相同。

卻難掩以胸墊這種人工物墊起的不自然。

「不過，為什麼妳要用胸墊……」

「我、我行使緘默權。」

「事到如今還來這招!?妳就老實說出來啦！」

惠太心想反正她八成不會逃走，於是將跳繩解開。

絢花緊握拳頭放在膝上，開始小聲說明事情經過。

「其實，是我一不小心搞砸了……」

「妳會用到胸墊，那事情的確是非同小可。」

「我減肥結果從胸部開始瘦起!!」

「我就知道八成是這麼回事。」

看穿絢花用胸墊時，惠太就多少料到了。

根據本人敘述，她兩週前試著減肥，結果只瘦了胸圍，現在她一時之間變成接近A的B罩杯。

從純粹的B罩杯，變成了接近A的B罩杯。

這就男人的感覺來看只是一點點誤差，但就女生而言可是件大事。

「我知道很多人罩杯會因為體重變化而變來變去的。關於減肥會先從胸部瘦起這件事也是時有耳聞。」

這一點是人體的奧祕，無法強求。

怪不得她先前會拿包包遮住胸口。

「說到底的，絢花根本沒有必要減肥吧。」

她的體型本來就嬌小纖瘦了。

正因為沒有多餘贅肉，才會從胸部開始瘦起吧。

「身為女孩子，多少都會想要讓自己更漂亮啊。」

「讓自己更漂亮？」

「我怕這樣下去，惠太會被其他女生給搶走……」

「咦？妳的意思是……」

「今年一口氣加入了這麼多模特兒，而且每個都非常可愛，我要是不多加努力，肯定會被拋在後頭……」

「啊、原來……是這個意思啊。」

那一瞬間，惠太差點會錯意了。

他還以為絢花跟學妹雪菜一樣，對自己產生好感。

像這種奇蹟，哪有可能接二連三地發生。

「總之最後我只瘦了胸部……惠太先前說過，我的B罩杯胸部很可愛，要是胸部沒了的事被發現，你一定會厭倦我……」

「所以妳才拒絕試穿啊。」

「只要被惠太仔細盯著看，即使隔著衣服也會被察覺到啊。」

雖然絢花用胸墊巧妙地把減少的量給遮掩過去，但如果是試穿會就無從隱瞞了，所以她才會拚死抵抗。

「唉，太好了……」

「一點都不好！我可是變成了接近A的B罩杯啊!?」

「我不是這個意思啦。」

惠太跪在絢花的椅子前。

並輕輕地握住她的手。

「原來絢花並不是討厭我，真是太好了。」

「惠太……」

「我啊，即使是絢花胸部變小也一點都不在意喔。」
「可是，這樣下去實在……」
「嗯……對啦，這個問題比較敏感。」
對女孩子來說，胸圍煩惱是絕對不容忽視的問題。
這和雪菜減肥時的狀況相反。
當時是靠燃燒多餘脂肪解決了問題，這次該如何是好呢。
（簡單來說，只要能豐胸就可以了吧……嗯？豐胸……？）
前幾天，惠太剛好才聽過這個關鍵字。
下一瞬間，惠太腦中閃過一個奇蹟般的靈感。
「絢花，這件事，能不能交給我處理呢。」
「你有什麼好方法嗎？」
「嗯，只要順利的話，就能在短期間內見效。」
「真的嗎!?」
兒時玩伴如死魚般的眼睛再次充滿了生氣。
絢花彷彿是在沙漠中找到了綠洲，眼神閃閃發亮，而惠太笑著告知她這個方法。
「只要用我的手，來揉絢花的胸部就好了。」
「……什麼？」

內衣女孩
任你擺布 4
尖端出版
www.spp.com.tw
© Tomo Hanama 2023
Illustration: sune
KADOKAWA CORPORATION

幾分鐘後，惠太和脫去西裝外套的絢花坐在準備室的沙發上。

他們並不是普通地坐著，而是呈現絢花側著身子坐下，惠太坐在她身後的奇妙姿勢，兒時玩伴膽怯地轉頭問道。

「真、真的要做嗎……？」

「絢花不喜歡這樣？」

「我、我不是這個意思……這樣真的能讓胸部變大？」

「別擔心。交給我吧。」

儘管沒憑沒據，不過電視上不可能會介紹完全沒有功效的體操。

其實惠太腦中仍存在著「如果這樣的豐胸體操有效，那這世上就不會有為胸圍煩惱的貧乳女生了吧」的疑問，但凡事最重要的就是不能捨棄希望，並不斷嘗試挑戰。

「說到底的，惠太真的會按摩嗎？」

「關於這點，我有看姬咲做過。」

因為是近距離看著，順序也記得一清二楚。

（最大的問題，就是倫理道德能夠容許這樣的行為嗎……）

竟然對一名不是戀人的女孩子，觸碰她那雖拘謹卻仍確實存在的異性象徵，豈止如此，還加以搓揉，這樣的行為實在脫離常軌。

就常識而論，這實在不是什麼正經的點子……

（即使是如此，我身為內衣設計師，仍有義務解決絢花的煩惱！）

沒錯，此舉純粹是工作的延伸罷了。

我不過是以職業內衣設計師的身分，在解決女孩子的煩惱，這點我問心無愧。

應該說，要是感到愧疚，那反而對絢花失禮。

「那麼，要開始囉？」

「咦、咦咦……」

惠太向對方確認後，做好覺悟從身後撫摸她的胸部。

「呀嗚!?」

「啊、抱歉。會痛嗎？」

「不、不會。單純是不習慣這個感覺，有點嚇到而已。你繼續吧。」

「知道了。」

惠太點頭再次做按摩。

他一面回憶姬咲昨天手的動作，一面搓揉絢花那拘謹的胸部。

按摩前已經先把胸墊和胸罩脫掉了，但即使只隔著上衣，絢花那小卻柔軟的胸部觸感，仍造成強大的破壞力，使惠太神魂顛倒。

再加上——

「呼……嗯嗯……惠、惠太……」

兒時玩伴還眼中泛淚，發出難受的聲音顫抖，更是令人欲罷不能。

明明只是在按摩，卻使得惠太產生了奇怪的感覺。

（專心點！拋開雜念啊浦島惠太！）

若是被性慾吞噬了，那就太對不起相信並委身於自己的絢花了。

要拋棄身為男性的慾望。

排斥必要的感情，專心活動手腕，化身為按摩乳房的機械——

「……你們，在做什麼？」

「哈!?」

第三者的聲音使惠太回過神來。

他看向聲音來源，不知何時，澪打開被服準備室的門，露出能面般的表情。

看來她是覺得自己離開好一陣子，兩人應該談完才回來。

「啊、不是，水野同學這是……是我先前在電視上看到的豐胸體操，絕對不是在做什麼猥褻行為——」

「浦島同學……」

「是。」

「我覺得這實在是做過頭了。」

「我想也是——」

說實話，惠太做到中途也開始覺得不妙。

被不斷按摩小巧胸部的絢花，頸部冒汗癱坐在沙發上，使得畫面看起來更加不妙。

「我要說教了，浦島同學你跪坐在地板上。」

「遵命。」

隨後，惠太乖乖正坐向澪解釋狀況，對方才勉強原諒他。

附帶一提，也不知是不是當時的豐胸體操湊效，絢花的胸圍在幾天後又變回了純粹的B罩杯。

◇

某個九月下旬的放學後。

惠太一放學就直接回到公寓房間，今天終於要舉辦他心心念念的試穿會。

在模特兒準備完畢前都在外頭待命的惠太一進房裡，就看到身穿內衣的金髮少女站在床旁，以那對寶石般的藍色眼瞳看著他。

「……看、看起來如何？」

「太棒了。」

這景色棒到惠太忍不住豎起大拇指。

可愛女生與可愛內衣的夢幻組合，實在是令人感動。

正如惠太所料，以蓬鬆材質製成的胸罩和加了蕾絲下襬的內褲，搭配上嬌小女孩子的組合實在是太過美妙。

「那麼馬上來拍照吧！」

「你看起來好開心呢。」

「好久沒辦試穿會了嘛。」

惠太說著，並拿起手機將鏡頭對著絢花按下快門。

他從正面、後面、低角度拍攝身穿內衣的女孩子，累積了一堆資料用照片。

「嗯……現階段已經算是完美了，但是不是該把下襬改短一點呢……」

「還，還沒結束嗎？」

「是啊，晚點浜崎同學也會過來，能暫時先別換回來嗎？」

「這樣啊……」

「？」

怎麼了嗎？

絢花平時都會興致高昂地展現出身上穿的內衣，今天的氛圍卻有些不同，看起來扭扭捏捏的，似乎靜不下心。

「妳還好嗎？臉好像有點紅，是不是感冒了？」

「沒、沒有啊？」

「是嗎？」

儘管絢花本人這麼說，惠太仍有些在意，並拉近距離。

他用手掀起自己和對方的瀏海，以額頭碰額頭。

「嗯……好像沒有發燒……」

「那、那個……惠太？」

「嗯？」

「那個……有點太近了……」

「啊、抱歉。」

能額頭互碰與其說是近，不如說是零距離了。

兩人距離近到能感受到彼此呼的氣，尤其是絢花還穿著內衣，令人想入非非，

於是惠太立刻遠離對方——

「呀!?」

由於絢花同時後退，使得她的腳撞上床的邊緣，一不小心失去平衡。

「絢花!?」

惠太反射性伸手保護向後倒的兒時玩伴，儘管及時抓住對方的手，只可惜已來不及將對方拉穩——

結果，惠太隨著絢花一同倒在床上。

「……」

「……」

這段沉默，是因兩人腦袋跟不上這突發事故所產生的空白。

兩人緊貼著幾秒鐘後，早一步回過神來的惠太，急忙兩手撐床，將身體移開。

就這麼，他與眼睛微微溼潤的兒時玩伴對視。

「絢花，妳還好吧？」

「沒、沒事……」

看來她沒事。

似乎也沒有受傷，總算是讓人放心了。

（是說，總覺得這狀況……）

對方沒有受傷自然是再好不過，然而惠太正逐漸感受到當前狀況有多危險，嚇得面如土色。

現在進行試穿會中。

模特兒絢花正呈現如此無防備的狀態。

具體來說，就是除了全新胸罩和內褲外什麼都沒穿的狀態。

而一名身穿制服的男生，將穿著內衣的女生壓倒在床的這個狀況，就倫理道德而論，實在是非常危險。

其實他只要下床就能解決這問題，但他的身體卻僵住，完全動彈不得。

理由是，兒時玩伴的模樣，令他看到入迷了。

惹人憐愛的雙頰，美麗的頸部，如金絲般柔亮的長髮。

構成她的一切零件，全都令人目眩神迷。

最重要的是，那似是在傾訴著什麼的溼潤雙眼，使惠太無法別開目光——

「惠太學長……」

「浦島……」

「哈!?」

兩名女生的聲音，使惠太回過神來。

他看向聲音來源，房門不知何時被打開，門外站著兩個手拿包包的女高中生。

身穿制服的她們，不約而同地冷眼看著惠太。

「竟然假借試穿名義推倒女生……」

「惠太學長竟然喜歡嬌小的女生……難怪不論我如何示好你都沒有心動……」

「妳們也誤會得太深了吧!?」

一波未平一波又起。

好不容易跟兒時玩伴和好並舉辦試穿會，本以為事情就此告一段落，看來浦島惠太的內衣製作，仍會波瀾不斷。

第四章　新人設計師永不妥協

九月即將步入尾聲，從夏季制服換成冬季制服的這天放學後，澪換上許久未穿的西裝外套，走往被服準備室。

「總覺得這個房間，已經成了 RYUGU 的第二個據點呢。」

萬聖節聯名企劃將在一個月後舉辦。

中間還得和負責縫製的工廠磋商，所以聽說若不在下個月上旬完成設計工作，將會出大事。

因此，最近惠太和瑠衣每到中午都會來被服準備室工作。

正好這裡又本來就備有縫紉機之類的器材。

「設計應該要完成了吧，真是令人期待。」

這是協助惠太最重要的報酬。

看到他設計的內衣，實在讓人滿心雀躍。

對於一直以來憧憬著 RYUGU 內衣的澪來說，從沒想過自己能夠協助他們製作。

她回想起至今發生的事，不禁嘴角上揚，此時正好抵達目的地。

特別教室棟的二樓，位在被服實習室旁邊的準備室，她打開門。

「辛苦了——」

澪一如往常地打招呼進入房間，其他四名成員已經圍繞在桌旁。

「嗨，水野同學……」

「澪同學，辛苦了……」

看起來累壞的惠太和絢花回道。

「辛苦了……」

「學姊辛苦了……」

而坐在兩人對面，一臉不悅地縫著內衣的瑠衣，和看似無聊地玩手機的雪菜，也各自抬頭打招呼。

「？」

怎麼回事？

為什麼整體氣氛不太對勁。

直言不諱地說，就是氣氛很凝重，在這窄小房間裡飄散的險惡氣氛，濃度竟然高到無從隱藏。

像瑠衣和惠太，兩人拚盡全力不正眼瞧對方。

成員們表現得如此異常，使澪不禁蹙眉問道。

「咦？這地獄般的氣氛是怎麼回事？」

「「「…………」」」

面對這個疑問，四人同時別開視線。

距離萬聖節聯名企劃的內衣製作截止日，約莫剩下兩週。

分明就沒有時間了，團隊的氣氛竟然還跌到谷底。

◇

「──所以呢？這次又發生什麼事了？」

無法承受沉重氣氛而離開學校的惠太，和準備去書店打工的澪走在回程路上，身旁的澪看似擔心地問道。

「我還是第一次看到你們氣氛鬧得這麼僵。」

「總之，就是……發生了一點事情……」

惠太簡單說明了先前在浦島家房間發生的意外。

試穿會時他不小心推倒了絢花。

這一幕還被之後進來的雪菜和瑠衣目擊。

事件不算太長，三兩下就報告完了。

「意思是，你因為意外把絢花學姊推倒在床，而那現場被雪菜和瑠衣撞見是吧。」

「就是這麼回事。」

「這是小小的修羅場呢。」

「對我而言一點都不小就是了。」

「我知道浦島同學不是那種會硬是把女生推倒的人啦，但你還是應該多加小心才行。」

「妳說得是……」

即使是熟到不行的兒時玩伴，她仍舊是位異性。

在各種意義上都需要多加留意才是。

「我已經有跟浜崎同學她們說過這只是場誤會了，而且絢花也有幫我解釋，不過她們似乎還是相當防著我……」

「我想她們倆並不是為了那種事才生氣。」

「什麼意思啊？」

「不知道的話就算了。」

「？？？」

雖然聽不太明白，但是澪似乎不願解釋。

兩人對話暫時中斷，澪忽然嘆了一口氣。

「真是的……距離截止日都快沒時間了，浦島你身為隊長，怎麼還破壞隊伍的和諧呀。」

「您說得正是。」

在團隊合作中，最重要的就是避免人際關係惡化。

這樣下去會使今後的作業出現障礙，最糟的情況，可能還會害得聯名企劃失敗。

「總而言之，你要快點跟她們和好喔。」

「我當然是希望這麼做啊。但姑且不論小雪，浜崎同學那邊倒是有點困難……」

「又有什麼問題嗎？」

「其實在試穿會後，我們討論了關於最後一件聯名內衣的事，結果雙方的設計見解似乎有所出入……」

「怎麼弄得像是因為音樂見解不合而解散的樂團啊……所以你們才會鬧這麼僵喔。」

「我平時一個人設計時並不會考慮那麼多，但如果是共同設計，就一定會產生意見不合。過去我只想著要做出可愛的內衣就好，從沒在意過與人相處的問題……人際關係，原來這麼難啊……」

「……」

澪忽然瞪圓了眼。

她彷彿是看到了意外的事物，一臉驚訝地說。

「原來浦島同學也會為人際關係苦惱啊。」

「水野同學把我當成什麼人啊？」

「啊，對不起。明明浦島同學這麼認真煩惱……其實，我以為浦島同學什麼都做得到。」

「什麼都做得到？」

「你還是高中生，卻已經成為職業設計師，還能做出讓人著迷的內衣……該怎麼說，我以為你是一個高不可攀的人。」

澪一邊走著，一邊娓娓道來。

她拾起心中想法，一點一滴編織成語言。

「不過，看到你現在為人際關係煩惱，我只覺得你就是個普通的同齡男生。」

「……」

這就是剛才澪瞪圓了眼的理由。

她對惠太的評價其實意外地高，所以才為這樣一個男生會說洩氣話而感到意外。

「當然，人際關係確實很難處理。和許多人產生交集，而他們各自有著自己的心情與考量，即使是同伴之間，也難免會有摩擦。」

「嗯……」

「這次比較麻煩的是時間不夠了……你就暫時把設計的事放下，先處理那個糟到不行的氣氛吧。」

「我想也是……」

「瑠衣本來就是浦島同學內衣的粉絲，我認為根據你的行動，很有可能改善你們的關係喔。」

「怎麼說？」

「簡單來說，你只要討好瑠衣就行了。」

「原來如此，這的確是簡單明瞭。」

真是淺顯易懂的答案。

「既然如此，我乾脆送浜崎同學一件她會喜歡的可愛內褲如何？」

「這麼做對我是有用啦，但我覺得對瑠衣沒有效果喔。」

「這樣啊……嗯……」

惠太想了許多除了送內褲以外的解決辦法。

澪看著他思考的模樣，露出了溫柔的笑容。

「說起來，週末要辦文化祭對吧。」

「已經到了這個時期啊。」

「我們班今年是做展覽攤位，當天有很多自由時間。」

「是啊，聽說是要做歷史相關的展覽攤位嘛。」

發起人是班上一部分喜歡歷史的有志之士。

那些戰國武將宅跟班上的人講好，只要這次展覽交由他們處理來滿足個人興趣，就能免除其餘人員在文化祭上的工作。

「那麼，要不要一起去逛呢？」

「……咦？」

那一瞬間，身旁的澪驟然止步。

「水野同學？」

惠太也停下腳步轉向澪。

「怎麼了嗎？」

「沒事，那個……該說是感到意外，有點嚇到而已嗎……為什麼你會在這種時候提出要跟我一起逛呢？」

「咦，有什麼不妥嗎？」

「是啊，今天的浦島同學在所有方面都慘不忍睹。」

「所有方面!?」

竟然被全盤否定了。

忽然，澪伸出右手食指，像是告誡小朋友一般解釋道。

「你聽好囉，浦島同學，這可是個機會啊。」

「什麼機會？」

「現在哪是邀我去逛的時候。你不是要跟瑠衣和好嗎？」

「啊……」

這麼一提惠太才終於想到。

如今他的人際關係稱得上是進入緊急事態宣言。

澪之所以生氣，是因為現在並不是邀她去玩的時候，而是有其他該優先處理的事項。

「抱歉，我想說跟水野同學一起逛文化祭應該會很開心。」

「呼欸!?」

「呼欸？」

「對、對不起……剛才那一下太出其不意了……」

澪一邊說著，一邊別開視線。

她尷尬地單手遮住嘴角，隱藏乍然漲紅的臉。

最後又將背部對這邊。

「呃……妳還好吧？」

「沒事……我真的沒事，只是需要一點時間重開機……」

由於對方要求給她一點時間，惠太只好乖乖在現場待機。

澪背對惠太，小聲嘟囔：「浦島同學這一點真的是……不，是沒關係啦，只不過他這點真的是……」沒多久，她又轉過身來，看似重新振作。

「總、總之，你就別管我了。現在最重要的事，是修復成員之間的關係。」

「啊、嗯。妳說得對。」

雖然有點介意她那彷彿是在掩飾什麼的語調，但修復關係確實非常重要。

而澪的臉頰微微泛紅這點也很令人在意，可是惠太總覺得深究下去不太好，於是決定閉上嘴巴。

「文化祭，我邀浜崎同學一起逛好了。」

「這樣才對嘛。」

看到我終於表明自己的決定，同學將書包和雙手放在身後，滿意地笑說。

「就趁這個機會，去跟她和好吧。」

當天晚上，姬咲為了員工的健康著想，決定一如往常找瑠衣來家裡，四個人一起吃晚餐。

飯後，兩位設計師在浦島家客廳，激烈爭辯。

「就——說——了——!!第四件做成白色輕飄飄的可愛內衣不就好了!!」

「不不，第一套內衣不就已經把配點全點在可愛上了，最後一件應該走性感路線做成黑色內衣！」

打開筆記本指著可愛白色內衣的人是瑠衣。

而看著平板畫面，主張黑色性感內衣的則是惠太。

兩人穿著便服在客廳中央爭論，瑠衣穿著她一貫的褲裝，而惠太也穿著慣用的休閒褲。

「雖然對浜崎同學不好意思，但這次我是不會退讓的。」

「這是我的臺詞才對吧？考慮到銷量當然是選可愛的比較好！」

後來惠太他們繼續闡述自己的設計有多麼優秀，事態演變成無止盡的爭論。

而姬咲和乙葉，則坐在沙發上靜觀。

「他們倆，從剛才就吵個不停呢。」

「是啊。」

「放著不管好嗎？」

「我不會干預設計方面的問題。」

「這樣啊——」

姊姊貫徹事不關己的作風，而妹妹聽姊姊這麼講，也決定不多管閒事。

在場沒有人出手阻止，使得爭論進一步升溫。

「是說浜崎同學！」

「幹麼啦!?」

「週末的文化祭，要不要一起去逛!?」

「蛤、蛤啊啊!?」

聽了突如其來的提議，瑠衣終於產生動搖。

臉還紅到無從掩飾的程度，看來效果十分顯著。

「你在這種時候說些什麼啊!?我、我沒差啊……?反正除了班上的輪班時間外都很閒，浦島說什麼都想和我一起去逛的話，要我陪陪你也不是不行……」

「就這麼決定了。」

惠太他們完全無視剛才的爭辯，開始相約一起逛文化祭。

「噯，姊姊?我們剛才到底看了什麼呀?」

「蠢斃了……實在看不下去，先去洗澡睡覺了。」

「啊，我也要一起洗～」

再也沒有比看男女打情罵俏還更令人不堪的事了。

姬咲和乙葉不顧看起來只像是一對笨情侶的兩人，感情要好地走向浴室。

◇

私立翠彩高中的文化祭，僅在星期六舉辦一天。

除了開放家長在內的一般民眾入場，這還是文化系社員的重要舞臺，也是學生們各憑喜好展示作品，或模擬開店來炒熱氣氛的祭典。

總之，時間來到了文化祭當天。

身負跟工作伙伴和好這個任務的惠太，與本日的目標浜崎瑠衣在校園內散步。

「我倒是比較想在準備室工作，要做的事還堆積如山呢。」

「別這麼說嘛，喘口氣也是很重要的啊？」

「哼……」

儘管瑠衣看似不悅，仍勉為其難地答應了邀約。

這表示她應該也有意和好。

或許是為了遮羞，她還要求今天的約會錢全由惠太來出，而這點支出，惠太自然是心甘情願。

「是說，浦島你為什麼要找我啊？不跟學姊一起逛嗎？你們不是都感情好到能在床上抱在一起了。」

「就說那是誤會了嘛。」

「誰知道……反正一定是澪出的主意吧？她是不是叫你趁文化祭跟我和好。」

「真敏銳啊。」

這件事沒必要隱藏，於是惠太老實承認。

她看起來也沒多大興趣，所以沒有追問下去。

「對我來說，浜崎同學會答應倒是讓我感到意外。」

「其實我多少也有點興趣。」

「興趣？」

「我不知道去年的文化祭辦得怎樣，其實稍微有點期待。」

「啊，對喔。浜崎同學是轉學生嘛。」

跟她混得太熟，完全忘了。

她是今年夏天才轉學過來的。

「我先前讀的學校文化祭非常死板。班級的節目不是演奏小提琴，就是插花表演。不過那畢竟是所貴族女校，會變那樣似乎也很正常。」

「嘿──」

「……還有跟浦島說的一樣，我正好想轉換心情。」

「咦？」

「沒事，我沒說什麼。」

我一回問，她就轉換話題含糊帶過。

「是說浦島你不用顧店嗎？我的班已經結束了。」

「我們班今年只有做展覽，只需要最低限度的人手就夠了。」

「做展覽不就是典型的『不清楚要做什麼最後隨便應付』嗎？」

惠太班級的展覽似乎是「剛開始意氣風發最後卻走上悽慘末路的戰國武將展」。

正因為發起這個展的歷史宅們一手包辦了顧店工作，惠太才能自由逛文化祭，還真是得感謝他們才行。

「就我個人而論，是很想辦一場讓班上女生穿上內衣接客的內衣咖啡廳啦。」

「你喔……這種東西哪有可能過關啊。」

「不然下次試穿會時大家試著辦一次如何？」

「我才不要。」

兩人一面閒聊，一面穿過比平時熱鬧的走廊。

最後走到了體育館。

文化祭期間，這個舞臺一整天都會表演節目，於是兩人試著在這看了一陣子……

「這有什麼有趣的……？」

「這、這個嘛，搞笑的品味本來就因人而異嘛。」

惠太他們坐在摺疊椅上，看著搞笑研究會的兩人組上演的小短劇，然而不光是瑠衣，連觀眾的反應都非常糟糕。

這與其說是搞笑短劇，更像是交互講冷笑話，不論是裝傻跟吐槽都不夠犀利，甚至有學生在觀眾席看到打瞌睡。

「而且這個研究會竟然還占用了三十分鐘？」

瑠衣冷眼看著入口處的節目表說。

「除了內容很糟之外，很顯然是練習不足。這只是學生的文化祭表演，一定程度上只能說是無可厚非。但是觀眾才不會管準備方有多努力，只要沒有做出成績，就純粹是自我滿足罷了。」

「…………」

如此嚴厲的意見，的確符合她嚴以律己的風格。

不過惠太聽了只覺得，瑠衣這段話似乎是說給自己聽的。

會這麼想，八成是因為說出冷淡話語的她，看起來卻十分難過——

「抱歉……我剛才那樣，一定很惹人嫌……」

「我並沒有在意。」

冷笑話使得體育館內的氣氛徹底凝結，這實在怪不了瑠衣。

下午是戲劇社跟吹奏樂社等文化社團的表演，應該能看得相當愉快，然而上午似乎沒有什麼可看的節目。

「去看看文化社團的攤位吧。」

「就這麼做。」

兩人看不到十分鐘，就早早起身離開了……

（糟糕……浜崎同學看起來超級不開心……）

身旁的瑠衣在離開體育館後，就始終頂著一副臭臉。

看來剛才的表演讓她相當不滿意。

（我得想辦法挽回才行……）

接下來絕對不能失敗。

得想辦法讓她好好享受文化祭——

惠太故作平靜，並默默下定決心，忽然間，一個不常見的物體進入視線，使惠太停下腳步。

「……咦？」

惠太忍不住看了兩次，一樓走廊前方竟然有人穿著兔子的玩偶裝。

那是一套全身雪白，頭部比較偏向卡通風格的玩偶裝。

兔子空虛的表情，真不知該說是噁得可愛，還是詭異至極來形容。

他單手拿著一塊木製看板，發傳單給路過的客人。

本以為他把傳單遞給看似一年級女生後就要離開，沒想到穿著玩偶裝的人卻轉頭過來，直盯著這邊看——

「咦——？那個不是阿惠嗎——？」

「咦？」

「啊，果然是阿惠。你好啊——」

這個身穿兔子玩偶裝的人，以奶茶般甜膩的女生聲調說道，並走到惠太他們面前。

「浦島，你認識這隻兔子嗎？」

「我應該不認識會穿玩偶服的人才對啊……」

「咦，好過分——也沒辦法，誰叫我是第一次穿成這副模樣。我跟阿惠應該算感情很要好才對啊——？」

「跟我……？而且這個聲音……」

稱惠太為「阿惠」，還會用拉長音的方式說話的女生。

惠太只想得到一個人。

「難道是夏帆學姊？」

「答對了——☆不愧是阿惠~」

雖然載著頭套看不出來，但眼前的夏帆看似開心地說。

惠太心想她跟瑠衣應該是初次見面，於是介紹彼此給對方認識。

「浜崎同學，這位是瀨戶夏帆學姊、是秋彥的姊姊。」

「你好——我是三年級的女神．瀨戶夏帆——♪請多指教～」

「啊，妳好。我叫浜崎……我還是第一次聽到有人自稱女神……」

兔子裡面的人嗨到讓瑠衣有點退縮。

正如大家所見，她是個個性鮮明的人物。

在瀨戶家三姊妹中，比起看似清純但實際上有虐待狂傾向的二姊，以及對弟弟非常霸道的大姊，這人反而是特別需要留意的人物——

儘管如此，現在惠太反而更在意她的外觀。

「夏帆學姊，這身玩偶裝是怎麼回事？」

「啊啊，這個？這個呀，是因為我去年文化祭被太多外校男生搭訕，所以被會長要求今年得穿這套裝扮度過。長得可愛也是一種罪過呢～」

「啊啊，我聽說事情好像鬧得不小。」

一年前的文化祭時，她班上開了女僕咖啡廳，結果當時還是二年級的她可愛到引發熱議，導致有一堆校外訪客湧進她班上。

惠太回想起當時發生的事，而瑠衣聽了則小聲問道。

「（這個學姊真有這麼可愛嗎……？）」

「（是啊。畢竟是椿小姐跟柊奈子小姐的妹妹嘛。）」

「（難怪……）」

瑠衣曾經因工作需求去過內衣專賣店，所以見過次女椿。

關於瀨戶家三姊妹的美貌，已經無須解釋。

雖然她現在穿玩偶裝看不出來，但她實際上個子嬌小，留著一頭蓬鬆的頭髮，看起來就是一位可愛隨和的大姊姊。

「會長跟我同班，還說我穿這樣正好去幫班上攤位做宣傳耶？是不是很過分～」

「攤位是指這個嗎？」瑠衣指著對方手上的看板。

「對啊對啊♪」身穿玩偶裝的夏帆點頭說。

明明是辦鬼屋，字體卻相當夢幻，這種不相稱的感覺反而顯得有趣。

「實際上一點都不可怕喔～你可以跟女朋友一起去。」

「不，我不是他女朋友。」

「是嗎？我看你們感情似乎很好，還以為是女朋友呢。」

「抱歉囉♡」夏帆擺了握拳輕敲額頭的做作姿勢。

可愛聲調配上兔子空虛的表情，這樣的反差實在很超現實。

「不過，就算不是情侶也可以玩得很開心喔。我們班的鬼屋，最適合拿來休息了——那麼，我還有拉客工作要做，先失陪囉～♡」

夏帆揮手道別後，便踏著輕快步伐離開了。

「最適合休息的鬼屋到底是什麼呀？」

「……」

「浜崎同學？」

惠太看瑠衣沒有回覆便轉頭看過去，結果她直盯著玩偶裝的背後。

「我好在意……學姊的真面目……」

「啊啊，被這麼藏住的確會讓人很在意。」

在走廊上與女生擦身而過時，也經常會在意對方穿著怎樣的內褲，越是隱藏，就越是讓人想知道，此乃人的本性。

「所以呢，要怎麼辦？要去看看鬼屋嗎？」

「也行啊。」

難得學姊邀請，多少引起了惠太的注意。

正好瑠衣也有興致，於是兩人決定去鬼屋一探究竟。

就這麼，惠太他們前往教室棟四樓。

走到三年A班教室。

入口還立了一面寫著「歡迎來到恐怖之館♡」的看板，兩人走了進去，並滿心期待裡面會是怎樣的內容——

「歡迎回來～魔王大人♡」

「……」

「……」

出來迎接的金髮少女打了一個相當特殊的招呼，一口氣潑了兩人一身冷水。

應該說，這名金髮少女正是北條絢花。

她不知為何穿著小惡魔護士的角色扮演服，還裝了角跟尾巴。

純白裙子和絲襪之間的絕對領域也非常出色。

放眼看了教室一圈，裡頭設有好幾張桌椅，與其說是鬼屋，更像是咖啡廳，裡頭還有身穿女警和女教師打扮的惡魔少女在接客。

「我說浜崎同學，這就是最先進的鬼屋嗎？」

「我想絕對不是。」

嗯，打從聽到魔王大人之類的話時，我就知道不是了。

儘管腦中閃過無數疑問，但還是直接詢問相關人士最快。

「絢花，這裡不是鬼屋嗎？」

「正確來說是鬼屋風角色扮演咖啡廳。」

「鬼屋風角色扮演咖啡廳？」

「概念是扮演成鬼怪的可愛店員，把客人當成是魔界之王來接待。」

「原來如此。」

這概念雖然聽得一頭霧水，但起碼理解狀況了。

這裡不是鬼屋，而是有點奇怪的餐飲店。

「順帶一提，我是在魔界醫院工作的惡魔護士。因為錢花太凶又有欠債，光靠醫院收入無法過活才會跑來咖啡廳兼職。」

「情報量也太多。」

「難得你們都來了，隨便點些東西吧，我給你們打個折。」

「就這麼做吧。雖然這裡跟我們預想的差了不少。」

「也是，難得都來了。」

瑠衣也同意後，護士絢花便帶兩人入座。

他們坐在兩張桌子併成並鋪上桌巾的座位。

手寫菜單上有紅茶、咖啡、碳酸飲料等飲料，以及BLT三明治之類的輕食。

現在還是上午，所以兩人都點了紅茶，沒多久絢花就端上來。

用的不是正式茶杯，而是耐熱紙杯這點，倒是很有文化祭風格。

「想要牛奶或砂糖的話就跟我說吧。魔界的護士小姐會用心幫你攪拌喔。」

「服務這麼好，幫我加牛奶跟砂糖吧。」

「我的也拜託你了。」

絢花依序將牛奶和砂糖加進紅茶。

惠太啜了一口微甜的紅茶，便將視線轉向兒時玩伴。

（是說絢花的護士服，裙子也未免短過頭了吧……真是不檢點的打扮。）

惠太死盯著裙子和絲襪間的絕對領域。

察覺到視線的絢花雙頰染上一抹嫣紅，害羞地扭捏著身子。

儘管如此，惠太仍繼續看下去，不知不覺間，坐在正對面的瑠衣用著冰冷的眼神看著他說。

「浦島……你到底在看哪……」

「絢花的腳。」

「你也太誠實了吧。」

「我是不會對自己內心說謊的。」

「這傢伙，竟然露出了如少年般清澈的眼神……」

惠太盡情享受了兒時玩伴的美腿。

而瑠衣則以看著穢物的視線狠瞪他。

絢花看著兩人的互動便歪頭問道。

「原來你們倆還沒和好嗎？」

「咦？才沒這回事呢？我和浜崎同學無時無刻感情都超好的啊！」

「對啊對啊。我跟浦島可是知心好友！」

「話是這麼說，但你們完全沒看彼此啊。」

「……」

「……」

實際上，若是能簡單想通就不會這麼辛苦了。

更何況兩人是為工作（內衣）而吵架。

（可是，都說今天的文化祭要好好去玩了……）

惠太不想讓自己無聊的堅持毀了這一切。

過去的芥蒂，就姑且先放一邊吧。

「浜崎同學，妳晚點想去逛什麼地方？今天浜崎同學想做什麼，我全都奉陪。」

「咦，你突然間幹麼呀？」

「我說過，要好好享受今天這場文化祭了。」

「啊……」

看她的反應，彷彿是現在才回想起這件事。

眼前同學瞪圓了眼，隨後開懷地笑出聲。

「我真的是搞不懂浦島你耶。剛才還在盯著女生的腳看，突然又說出這種話。」

「我好歹也是個態度紳士的男人啊。」

「你好意思自己講喔。」

因為吵架而弄僵的氣氛再次恢復。

有一個能夠互相消遣的對象，是非常難能可貴的。

果然跟她的距離感，這樣才算是恰到好處。

「哼——？感覺你們的氣氛不錯嘛？」

「欸、才不是呢學姊!?我們才不是這種關係！」

「是說絢花妳怎麼還在啊？」

「我一直都在好嗎，現在又不忙……哼。明明剛才還盯著我的腳看。」

有點不太明白，但我似乎害小惡魔護士生氣了。

之前對瑠衣也是如此，應對女生還真是一個難題。

「希望設計的事，也能照這狀態取得共識。」

「這是兩回事。我再也不想輸給浦島了。」

「啊啊，原來如此。原來設計比賽輸了的事，妳還耿耿於懷啊。」

「嗚……」

瑠衣按胸，似乎是舊傷被人戳中。

雖然這次不是比賽而是工作，沒什麼勝負之分，不過這句話還是不說為妙。

「可是，我也很喜歡瑠衣同學做的內衣喔。之前發表的第一套聯名內衣真的很可愛，期待妳的後續新作。」

「新作……」

瑠衣低頭看著自己的紙杯嘟囔道。

她手放膝上握拳，緊閉嘴脣，表情蒙上一層陰霾，看似受了傷害——

「……浜崎同學？」

「咦……啊啊，嗯。是啊。還得努力製作內衣呢。」

惠太一搭話，她才恢復以往的開朗表情。

之後，惠太繼續觀察小口喝著紅茶的同學，試圖摸清她到底瞞著什麼事，可惜始終無從得知那不協調的真面目。

惠太和瑠衣離開假鬼屋真咖啡廳後，就在校內四處閒晃。

他們看了各班的攤位，在戶外攤販買了甜點邊走邊吃，下午再次回到體育館，觀賞吹奏樂社和戲劇社的表演。

兩人到雪菜班上的「占卜之館」露臉時，身穿詭異長袍扮成占卜師的雪菜還抱怨說：「我也想跟惠太學長在文化祭約會啊！」

題外話，雪菜的占卜結果是「今天的運勢為前路堪憂」，希望其中沒有夾雜學妹的私心。

儘管這是惠太早已見慣的文化祭景象，但是對過去就讀貴族女校的瑠衣而言，一切都非常新奇，甚至讓她感到開心。

逛著逛著，時光轉瞬即逝，夕陽沉於秋日天空。

兩人走出展示著手工玩偶的手工藝社，一名高個男生正好從走廊另一頭走來對惠太搭話。

「咦，這不是惠太嗎？」

「啊啊，秋彥。吉田同學也在啊。」

迎面走來的，是表情看起來有點恐怖的帥氣男生・瀨戶秋彥，以及留著一頭招牌短雙馬尾的吉田真凜，真凜還笑著對這邊揮手。

「秋彥跟吉田同學一起出來逛啊。」

「誰叫我們班不用看店，整個閒到不行。惠太你跟浜崎同學一起出來逛啊。」

「妳好……」

秋彥看著瑠衣說，而瑠衣點頭示意。

瑠衣和真凜因為角色扮演內衣一事有過交集，但她跟秋彥只是點頭之交，感情並沒有說多親密。

「對了，你們倆好像在一起設計內衣是嗎？」

「對啊，現在剛好意見衝突了。」

「幾乎都要怪浦島就是了。」

「什麼話啊。」

兩人互相調侃。

話雖如此，這並不是在認真起爭執，頂多像是幼犬玩耍輕咬。

小打小鬧告一段落後，真凜對瑠衣攀話說。

「瑠瑠，那次夏 COMI 真的謝謝妳了。」

「咦？」

「多虧有瑠瑠做的內衣，我才能變身成最喜歡的小和。」

小和是真凜角色扮演的魔法少女。

她當時自製角色扮演服裝，做到連細節都非常講究，而在今年的夏 COMI，她甚至把內衣也做到完美，達成了奇蹟般的同步率。

「等萬聖節內衣出了，我一定會去買。」

「謝、謝謝……」

真凜以毫無虛假的笑容說，使瑠衣害羞地笑了笑。

看來真凜的純真，甚至能夠拉攏瑠衣這名個性彆扭的少女。

「那我們要去操場了。」

「操場？」

惠太反射性問道，而真凜笑咪咪地回答。

「晚點不是有後夜祭嗎？我跟秋彥同學約好要一起跳舞。」

「哦？是這樣呀。」

惠太一臉壞笑地看向朋友。

秋彥則尷尬地別開視線。

提到後夜祭就會想到營火，而提到營火就會想到跳舞。

儘管在意究竟是誰先邀誰，但不論是誰先開口，兩人的氣氛看起來都相當不錯。

身為兩人的朋友代表，實在想全力支持他們。

「吉田同學，加油喔。」

「嗯！」

真凜綻放了燦爛笑容說。

接著她和秋彥一起走向玄關。

看著兩人順利拉近距離，惠太實在為他們感到開心。

「浜崎同學。我們也去看後夜祭吧。」

「……」

「浜崎同學？」

惠太見對方沒有回應，便把臉探過去問道，瑠衣頓時回過神來，將視線別開。

「抱歉……我先離開一下……」

「咦？」

「你先去。」

「啊、等……」

惠太都還沒回覆，瑠衣便快步離開現場。

還單手遮住自己的臉。

「呃……」

狀況快到惠太來不及反應，只能呆站原地。

「她不會是急著想上廁所吧？」

如果是這樣那多少能夠理解。

畢竟她的個性有那麼點不坦率。

如果是害羞說不出口，那應該算是自己的疏忽——惠太一面反省自己不夠體貼，一面依照指示，先行前往操場。

「哦哦，已經聚集不少人了。」

在校舍與瑠衣分開後，惠太便去玄關換鞋，前往操場，操場上已經聚集了許多學生。

在場幾乎所有人都穿著制服，也有一些人是穿運動服。

或許還有學生留在校舍吧，後夜祭並非強制參加，在場大概有全校一半的學生。

「嗯?那是……」

我看向周遭，發現有一個地方人潮特別密集。

那是稍微遠離主要出入口的校舍牆邊。

幾名看似三年級的男生們聚集在那，仔細一看，才發現中心站著一位金髮女生。

「絢花?」

身穿制服的兒時玩伴，正被複數男生圍住，看上去面有難色。

我感到在意於是走上前，接著就聽到男生們說著「請務必和我跳舞!」「跳五分鐘……不，三分鐘就好了!」之類的臺詞。

「啊啊，原來是邀她跳舞啊。」

謎底揭曉了。

所有人聚在那，是為了邀請絢花共度後夜祭。

「這人氣也真是誇張，不愧是絢花。」

絕世美少女就是不一樣。

絢花身材雖嬌小，卻能擔任時尚雜誌模特兒，連在同性之間都充滿人氣，她的可愛當然是不言自明。

話雖如此，她看似相當困擾，於是我決定上前幫她一把。

「各位，不好意思。能借過一下嗎？」

「惠太!?」

學弟的登場使得絢花大吃一驚，而學長們則不悅地怒瞪。

雖然內心怕到不行，我仍扼殺恐懼站到她身旁。

「不好意思，絢花已經跟我有約了。」

我說著，並用眼神對她示意。

「對、對啊！我跟這個人有約了，大家對不起。」

絢花理解我的意圖應聲附和。

既然本人都這麼說了，自然大局已定，學長們只好萬念俱灰地離開現場。

甚至能聽到他們碎念「今年也不行嗎……」「乾脆跟男人跳舞算了……」這一類令人哀傷的臺詞，然而惠太也無可奈何。

「謝謝你幫助我，惠太。」

「不客氣。妳也真辛苦啊。」

「如果真要跟人跳舞的話，我還不如找可愛女生跳。」

「要不要邀邀看水野同學？」

「呵……她想都不想就拒絕我的邀約了……」
「請節哀順變。」
她對澪的感情依舊是條單行道。
儘管希望對方有這麼一天能夠回應她，可惜希望渺茫。
「是說剛才還真是大陣仗。雖然絢花很有人氣，但我記得去年應該沒鬧得這麼誇張才對啊……」
「我想，他們可能是想製造回憶吧。」
「回憶？」
「對我們三年級生來說，這是最後一場文化祭了。」
「對喔，絢花妳們明年就要畢業了。」
對三年級而言，這是第三次的文化祭，同時也是最後一次。
想在最後和喜歡的異性創造回憶，即使是惠太，也多少能理解這種心情。
總之，一直待在這也沒用，於是兩人決定先轉移陣地。
他們走到靠近操場中央。
朝著架設營火用的木材走去，便在學生群裡發現了雪菜和澪的身影。
「嗨，小雪。水野同學也辛苦了。」
「啊，是惠太學長跟北條學姊。」

「辛苦了。」

雪菜在占卜之館見過，而澪則是自早上在教室見過面後第一次遇上。

「妳們倆原來在一起啊。」

「我是剛才在這碰到澪學姊。」

「浦島同學，你不是跟瑠衣在一起嗎？」

「她要我先過來，可能是去上廁所了。」

四人互相寒暄後，便開始報告近況。

果然女生聚在一起的氛圍就是不同。

附帶一提，澪直到剛才都跟泉一起行動，不過兩人走到操場時就先分開了，估計泉是去跟女排社成員會合。

「我還是第一次參加後夜祭，好期待喔。」

「畢竟小雪還是新生嘛。到時候營火會燒得很旺，想跳舞的人就會圍繞營火跳舞，光在旁邊看也很開心喔。」

「嘿～」

正當我和自然而然坐我身旁的雪菜聊天時。

「嗳嗳——測試測試～麥克風測試——嗯，看來應該沒問題～♡」

設置在屋外的擴音器中，傳來一陣莫名甜膩的女學生聲音，周遭學生便不約而同地看向聲音來源。

獨占眾人視線的，是一名站在營火預定地附近的指揮臺上，身穿制服，手持麥克風的頂級美少女。

她的身高和澪差不多，胸圍是穠纖合度的C罩杯。

這名有著渾圓大眼，令人印象深刻的輕柔長髮的女學生，正是惠太今天也遇見過的朋友，其真實身分為——

「哦，是夏帆學姊。」

站在指揮臺上的美少女，正是三年級的瀨戶夏帆。

校內表演結束，外來客離開後便不會有人搭訕，所以她自然就華麗地脫去兔玩偶裝。

「我記得夏帆學姊，是瀨戶同學的姊姊嘛。」

「夏帆學姊是學生會的一員。名義上是書記，但她籠絡了所有男性幹部，等同於實質上握有學生會的實權。」

「被這麼可愛的女生拜託，的確會想要盡自己所能去幫助她。」

有謠言說夏帆運用她的美貌，把男性幹部玩弄於股掌之中，暗地操控整個學生會。而惠太是經由弟弟秋彥的密告，才得知這個謠言乃是事實。

瀨戶家三姊妹真的一個比一個要命。

長女個性目中無人、唯我獨尊。

次女有虐待狂傾向。

三女則是最大限度利用自身美貌的惡女。

也怪不得秋彥對女性的認知會扭曲至此。

「文化祭雖然進入尾聲，但是別忘了還有後夜祭喔～今年也會舉辦盛大的營火晚會，大家一起開心地玩到最後一刻吧～♡」

美少女．夏帆的微笑，使得會場氣氛拉到最高潮。

猶如偶像的夏帆走下臺後，教師們將架設好的木材點火，轉眼之間便成長為旺盛的火焰。

隨著夜色垂落，火光變得清晰可見之時。

不知何處傳來的輕快音樂，成為後夜祭開始的信號。

學生們開始聚集在廣場中央，配合音樂起舞。

而觀眾則在遠處觀望。

不光是操場上，身在校舍的學生也探出窗外，共享後夜祭氣氛。

除了跳舞之外，也有人跟朋友談天說地，或是拍下後夜祭的景象，大家用各自的方式度過這段時光。

跳舞的參加者多半是情侶，其中也有好幾組同性舞伴。

女生跟女生跳舞看起來相當開心，而男生跟男生跳，卻莫名有種夾雜了自暴自棄的哀傷感。

「啊，是真凜跟瀨戸同學。」

「真的耶。」

澪正好看到秋彥和真凜這對俊男美女情侶。

雖然有身高差，但秋彥有好好配合對方，兩人看起來有些青澀靦腆。

「那兩人看起來完全就是對情侶呢。」

「實際上，兩人的確差不多快交往了。」

即使是秋彥，也應該察覺到真凜的好感了。

如今他也擺出一副未嘗不可的樣子，剩下的就是時間問題了。

「機會這麼難得，我們也去跳舞吧。」

「嗯……我是很想跟惠太學長跳舞啦，不過被人拍到一定會出大事。」

「哦哦，這話真有藝人風格。」

女演員雖然不像偶像那般嚴禁戀愛，但是被傳出跟男生跳舞的話，的確會引起軒然大波，還是小心謹慎點好。

「既然如此，要不要跟我跳呢？」

「說得也對，反正都是女生。」

澪自然而然地和雪菜組成一對。

兩個女生手牽手，快步進到人群之中。

「那麼絢花，我們也去吧。」

「咦？」

「我們剛才不是對學長們說，已經先跟我約好了嗎？」

「這麼說也對呢。」

「妳願意跟我跳支舞嗎？」

「非常樂意。」

我對兒時玩伴伸出手，而她輕輕地牽起了我的手。

此時絢花忽然說出心中疑問。

「對了，惠太會跳舞嗎？」

「應該勉強能學個樣子吧。」

兩人討論完，便移動到營火附近，並模仿早一步開始跳的雪菜她們的舞步。

我不知道正式跳舞應該怎麼跳，而絢花也一樣，於是只能看著旁人動作有樣學樣。

重複幾次相同動作後，終於漸漸熟練起來。

我牽著兒時玩伴的手，與眾人一起圍繞著營火跳舞。

在夜幕逐漸低垂的天空下，看著旺盛燃燒的火焰，使人莫名雀躍。

這個平時無從經驗的非日常景象，使得內心高亢了起來。

（……奇怪？）

惠太在跳舞途中，發現周遭有許多學生看向他們。

不對，正確來說，大家是在看絢花。

（畢竟絢花很可愛嘛）

她的外貌相當引人注目。

就連早已見慣的惠太也這麼想。

她那帶有異國色彩的頭髮，被火光照耀得閃閃發光，彷彿是不存在於這世上的美麗，令人不禁看到入迷。

或許是因為惠太直盯著對方看。

兩人在跳舞中途對望，絢花忍不住笑了出來。

「嗳，惠太？其實啊，我去年想邀惠太跳舞。」

「咦，是這樣嗎？」

「是啊，可是當時手忙腳亂的，我想說明年還有機會，最後就沒有邀請你了。」

「原來是這樣啊。」

這還是第一次聽到。

如果她邀請的話，我一定會答應。

「所以今天，我在這最後的文化祭，留下了美好的回憶呢。」

「……這樣啊。」

兒時玩伴微笑說，雙頰還染上了淡淡的嫣紅。

她害羞的模樣太過可愛，就連手上感受到的溫暖都如此惹人憐愛，實在叫人傷腦筋。

（我一直以來都覺得她很可愛，只是今天的絢花，似乎比平時來得——）

這並非對方有所改變，而是惠太本身的想法改變了，只可惜他本人卻渾然不知。

兩人的舞，持續跳到精疲力竭才停下來。

惠太和絢花跳了好長一段時間後，終於體力見底，離開人群，而澪和雪菜也從跳舞人群中回來。

「小雪，玩得如何？」

「嗯，真的是很開心！」

雪菜笑容滿面地說，看來似乎是真的非常享受，但她忽然從笑容轉變成有些落寞的神情，抬眼看著惠太說。

「不過，我果然還是想跟惠太學長一起跳……」

「咦……」

「我會花一年時間，成為就算鬧點小緋聞也不會出問題的大牌演員，明年後夜祭我們一起跳舞吧？」

「嗯、嗯……」

積極的雪菜，進攻得惠太難以招架。

而澪和絢花在一旁，看似充滿興趣地觀察著學妹和惠太的互動，看起來有點可怕。

「浦島同學真是個罪孽深重的男人。」

「竟然把未來的大牌女演員迷得神魂顛倒。」

「呃……」

雖然不太明白，但這氣氛不太對勁。

惠太察覺到當下氣氛不太妙，打算改變話題，此時他想起在校舍道別之後就沒下文的同學。

「話說回來，浜崎同學好慢啊。」

「她還在校舍裡面嗎？」

「嗯……」

兩人分開之後已經過了將近一小時。

再怎麼說，也該從廁所回來了……

「總之先打給她看看吧。」

惠太從褲子口袋取出手機，打開螢幕。

打開傳送訊息的應用程式，正當他打算聯絡時，對方傳來一則新訊息。

「……咦？」

惠太看了不禁停下手指。

螢幕上顯示的，是一行簡潔的文字。

上面沒有鋪陳，沒有貼圖，只有如同不負責任的事後報告一般，寫了一句『抱歉，我先回去了。』

惠太確認訊息後，就向同伴們解釋狀況，獨自離開學校。

他急忙回到公寓，衝進電梯上到七樓，跑到她家。

按了門鈴沒人回覆，叫了也沒人應聲，但門沒鎖，於是惠太抱著被人報警處理的覺悟入內。

樂福鞋被隨意丟在玄關，讓惠太非常肯定瑠衣就在裡面，於是他打開燈，穿過走廊，走到瑠衣房間前。

即使敲門，依舊沒有回應。

「浜崎同學？我開門囉。」

既然都走到這了，當然不可能看都不看就回去。

最重要的，是惠太擔心一聲不響跑回家的瑠衣；所以即使知道失禮，他仍選擇打開房門。

「浜崎同學……」

「……」

沒換衣服，依然穿著制服的她，坐在灰暗房間角落。

她背靠牆壁，抱膝將頭埋進膝間，像隻窩在蛋殼裡的幼雛，在原地縮成一團。

即使叫她，也沒應聲或抬頭。

她不可能沒聽見，可能單純是不想說話，縱使如此，也無法置之不理。

「妳怎麼了？」

惠太慢慢接近，配合對方視線蹲下。

他沒有催促，而是靜靜等著，最後她才小聲嘟囔。

「對不起……我擅自回去……」

「沒關係……發生什麼事了……」

惠太問道，瑠衣才微微抬頭。

她似乎是哭了。眼睛周圍看似紅腫，令人心痛。

平時個性強硬的瑠衣會被逼成這樣，看來事情非同小可。

「……我最近，會做夢。」

「夢？」

「我夢見我們的萬聖節企劃失敗。費盡苦心做出的內衣，大家連看都不看……最後賣剩的內衣散落一地……而我只能愣在原地……」

「這……」

「我知道，那不過是場夢。可是，我從之前就一直感到不安……即使工作，這個想法仍舊留在腦中……在做了那場夢之後，學姊跟真凜還說非常期待，就突然讓我怕了起來……」

「……」

人類的感情相當難解。

明明是自己的一部分，卻可能因為某個契機，使自己的情緒完全失控。

尤其是『恐懼』這個感情，更是難以依靠自我意識去駕馭。

「跟浦島一起工作很開心，完成的內衣也很可愛……不過，越是接近活動，我就越是害怕。在 MATiC 時我就一直沒被他人認同……提交再多設計都被駁回……所以，一想到要是我扯後腿害企劃失敗，還給你跟 RYUGU 添麻煩……」

「所以妳才……」

聽了她含淚的表白，惠太才終於理解事情的全貌。

她肯定一直都非常不安。

才會想像了可能失敗的未來，還為此受傷，甚至把自己逼到做惡夢。

如果自己設計的商品不賣怎麼辦？

如果用戶不喜歡怎麼辦？

這些不安的負面想法猶如詛咒，讓她不斷自問自答。

在內衣品牌擔任設計師絕非易事，還得承擔重責大任。

（文化祭期間，浜崎同學一直看起來怪怪的，原來理由是這麼回事。）

對話時她又是悶悶不樂，又是發呆。

明明出現過這麼多次徵兆，惠太卻只看到她堅強的部分，沒有察覺到這些蛛絲馬跡。

她或許是為了隱藏細膩脆弱的真心，平時才會擺出強硬態度來武裝自己。

「…………」

我猶豫該對她說些什麼。

只是就算我絞盡腦汁，大概也想不出什麼貼心的話。

既然如此，不如順著自己的感受告訴她。

「之所以會感到害怕，我想應該是因為浜崎同學是認真在面對設計這件事。」

「認真……？」

「人不會為了無所謂的事煩惱或受傷。正因為妳沒有放水，認真面對，所以沒得到正面評價時，才會苦思感到不安。」

我們費盡大量時間。

傾注所有熱情。

這幾個禮拜，我們不斷邁進，就為了創造出最可愛的內衣。

付出努力自然想得到回報，這是理所當然的想法。然而越是認真，失敗時受到的打擊就越大，甚至只是想像那個可能性，就會令人感到不安。

「我很明白妳為什麼會害怕。因為我也一樣。」

「浦島也是？」

「嗯，即使我覺得可愛，也無法保證大家都是這麼想。每當我製作新內衣時，都會反覆感到不安跟苦惱。」

必須回應周遭期待的壓力。

無可奈何的焦慮和不安。

只要是身為一名創作者，就無法擺脫這類負面情緒。

「所以我都會想像。在未來，自己製作的內衣，讓女孩子展露笑容。」

「笑容……」

「我想妳可能沒有意識到，其實浜崎同學跟我一樣。我們總是在一起工作，所以我明白。浜崎同學一直以來，都是為了某人的笑容而製作內衣。」

「唔……」

瑠衣的淚水從眼眶溢出。

我遞上手帕，她把眼淚連同鼻水一起拭去。

不過，我並不認為她中的烏雲會就此散去。

即使是如此，我也應該為了堅強地擦拭淚水的搭檔，做好自己能做的事。

「那個，浜崎同學。」

「嗯，什麼事？」

「今晚有空嗎？」

「咦……有是有啦……」

「那晚點能來我房間嗎？」

「那個，要做什麼……？」

「今晚可不會讓妳睡覺，妳做好心理準備喔。」

「…………咦？」

這邀約太過突然，使得坐在地上的瑠衣腦袋一時停擺。

她對眼前的男生露出如此呆滯的表情，半晌後，看似柔嫩的褐色臉頰便一口氣通紅起來——

「咦、等、蛤啊啊啊啊啊啊啊啊!?」

她剛才看似乖巧順從的態度完全消失。

這位臉蛋紅到不能更紅的女同學，發出了充滿活力的尖叫，響徹她的家中。

第五章　惠太的戀愛太難

暫且和瑠衣道別一小時後，腰纏浴巾沒戴眼鏡的惠太，一臉凝重地在浦島家的更衣室煩惱著。

「嗯姆……該選哪件內褲呢……」

他眼前擺了兩件男用內褲。

一件是充滿解放感的藍色四角褲。

另一件是使人聚精會神的灰色平口褲。

該穿哪件內褲才能撐過這個夜晚——這是他最大的難題。

「哥哥，你擋到了，稍微讓開。」

「哦哦!?」

才聽到背後傳來聲音，姬咲就突然進來把浦島擠開。

她把堂哥推開後站在洗手臺前，拿起自己的牙刷跟牙膏。

「姬咲？雖然妳就這麼大大方方進來了，但現在我可是全裸啊？」

「我只是要刷牙而已啊。而且平時被看到裸體的人分明是我好嗎，看到哥哥的裸體我也沒任何想法。」

「這、這樣啊……」

堂妹姬咲還真是冷靜。

她在惠太之前就洗好澡，現在放下頭髮，穿上看似暖和又毛茸茸的居家服。

「是說哥哥怎麼了？今天這麼用心選擇要穿哪件內褲？」

「啊啊，嗯，我晚點要跟浜崎同學做夜晚的共同作業。」

「呼欸!?」

正打算刷牙的姬咲以超快速度轉向惠太。

「夜、夜晚的共同作業……？」

「是啊，我還事先聲明過，今晚不會讓她睡了。」

「咦……咦？今晚不讓她睡……難道是要弄到早上……？」

「嗯？應該看時間跟場合吧——決定了！決勝內褲就選這件平口褲！」

「決勝內褲!?夜晚的共同作業……不睡覺弄到早上……你的……意思是……!?」

浦島姬咲，現在就讀國中三年級。

惠太在這名正值多愁善感年紀的堂妹身旁，一邊哼著歌，一邊把決勝內褲穿上。

之後過了一小時左右，時間過了晚上九點，惠太面對著自己房間書桌，此時傳來了小聲的敲門聲。

「那個……我來了……」

「歡迎。」

身穿居家服的浜崎瑠衣，戰戰兢兢地探出頭來——

「哦，浜崎同學已經洗好澡啦。」

「嗯，那當然啊……」

她用手指把玩著微微溼潤的髮梢。

也不知為何，她看起來比平常還用心打扮，身上的居家服搭配毛茸茸的熱褲，看起來比平時可愛三成。

「所、所以呢？這麼晚把我叫來做什麼？」

「啊啊，我有個東西想給妳看。」

「給我看？」

「這是我剛才跟浜崎同學聊的時候想到的。」

惠太說著，並拿起桌上平板站起。

在瑠衣來到房間之前，惠太已經把浮現的靈感化成草稿。

接著他雙手拿著平板亮出畫面，將化作形體的想法與瑠衣分享。

「這樣妳覺得如何？」

「這是……新的內衣……？」

畫面上顯示的是一件設計相當罕見的內衣。

基底是成熟的黑色胸罩和內褲，但值得一提的是額外加入的全新要素。

漆黑的內衣上頭，加上了純白蕾絲，彷彿是遮掩少女祕密的薄紗。

即使布料量增加，上頭的蕾絲看起來也一點都不俗氣。

應該說那些布料呈現出了如極光一般的波浪造型，形成一種美麗且神祕的對比。

「……咦？」

瑠衣接過平板確認螢幕上的內容時，似乎察覺到什麼，便小聲說。

「這個設計，難不成是……」

「嗯，是把我跟浜崎同學的設計組合而成的。」

兩人是因設計理念而吵架。

浦島惠太的美麗內衣（RYUGU JEWEL）。

和浜崎瑠衣的可愛內衣（KOAKUMATIC）。

兩種風格迥異的設計，竟然融於一件內衣之中。

「我想這樣做我們就不會吵架了……妳覺得呢？」

「嗯……這件，真的很棒。」

瑠衣說著，嘴角還開心地上揚。

惠太見狀，不禁在心中擺出勝利姿勢。

「我想跟這件內衣一樣，將一切都對半分享。不論是開心的事，還是害怕的事，當浜崎同學難以承受時，我會在一旁扶持——我想，這樣才稱得上是一起工作。」

「浦島……」

即使自己對這件設計有自信，但在確認對方反應之前都會感到不安。

瑠衣也說過，周遭的期待使她害怕。

將自己的作品展現給他人看，的確會時時伴隨著不安。

可是，如果能夠分享不安的心情，那就表示自己設計的內衣使他人綻放笑容時的喜悅，肯定也能一同分享。

「……是啊。我也覺得跟浦島在一起就一定沒問題。大家一定會喜歡這件內衣。」

「哼哼，妳可以再多誇誇我喔？」

「能變這麼可愛，分明是多虧了我的設計好嗎？」

瑠衣一面抱怨，一面露出平時的傻眼表情。

看來她已經有精神消遣人了。

「……嗯？奇怪？難道說，你找我來就是為了讓我看這個？」

「是啊？」

「那你剛才說今晚不讓我睡是指……？」

「啊啊，因為接下來得想辦法改良這個設計。時間所剩無幾了，在完成之前都不准妳睡喔。」

「啊啊……嘿……原來如此，是這個意思……」

眼前同學說著，眼神逐漸黯淡無光。

儘管惠太不清楚她這是何種反應而擔心起來，瑠衣卻「啊哈」地笑出聲來。

「浜崎同學，怎麼了？」

「沒事，我稍微放心了。」

「放心？」

「嗯，浦島依舊是浦島，讓我放心了。」

「？？？」

聽了這個難解的神祕臺詞，我腦中不斷浮現出問號。

真傷腦筋，女孩子有時真的會突然說出神祕臺詞呢。

最後笑到噴淚的新人設計師拭去眼淚，雙手抱胸，對著眼前陷入混亂的工作伙伴微笑說。

「那麼，今晚我們就通宵完成設計吧。」

◇

十月中旬的一個假日夜晚，時間剛過晚上七點。

聯名企劃作業的最終局面，在浦島惠太的房間裡轟轟烈烈地展開。

預定的設計已全數完成，模特兒們也已經試穿並檢查完畢，接著就剩下完成要提交給工廠的版型。

澪等人在試穿時，有對部分設計做細微調整，所以瑠衣現在正在把修正部分反映在版型上。

兼任打版師的瑠衣在惠太桌上將偌大紙張攤開畫線，專注於作業之中。

「……啊，這裡改了那這邊也得修正……」

要將布做成立體物，就不能缺少版型（Pattern）。

而有著褐色肌膚的打版師，正在修正這個可稱得上是內衣命脈的設計圖。

坐在房間沙發的模特兒們，也興趣盎然地守候著她的作業——

「我很少有機會看打版師工作，好帥氣喔。」

「就是啊。」

「浜崎學姊，加油喔。」

從右按照順序是絢花、澪、雪菜等三位美少女所組成的啦啦隊。

絢花身穿可愛連身裙，雪菜穿著毛衣搭配高腰裙。

澪則跟瑠衣穿著類似的褲裝，徹底換上秋季裝扮的女生們，一個個為瑠衣加油。

然而，加油並不代表一定會有正向效果。

被盯著看的當事人似乎心神不寧，開始在意起背後。

「試穿已經結束，除了浦島以外的人可以回去沒關係了……」

「反正機會難得，我們想看到最後一刻。」

「就是啊。大家一起分享完成工作的那個瞬間嘛。」

瑠衣的主張，被絢花和雪菜以笑容封殺了。

「而且最近浜崎學姊跟惠太學長感覺氣氛不錯啊？身為想追惠太學長的女生，我實在是看不過去。」

「妳、妳在胡說什麼啊!?我跟浦島才不是那種乾係呢!!」

「瞧妳都吃螺絲了……浜崎學姊，妳根本就慌到不行嘛。」

儘管瑠衣一瞬間把嘴巴遮住，但也為時已晚。

她眼中泛淚地碎念著「晚點給我記住」，並再次回歸修正作業。

「大家感情真好啊。」而剛剛才回到房間的惠太，則彷彿事不關己地在一旁守候著女生們的互動——

接著他回想起自己為何離開房間，拿著放著五杯馬克杯的托盤，從門口走進房裡。

「各位，我泡了熱可可。」

他把托盤放在矮桌，將馬克杯遞給坐在沙發的三位女生。

最後他拿起自己和瑠衣的份，走向桌子。

「浜崎同學請用。」

「啊、嗯……謝謝。」

瑠衣接過馬克杯，吹涼之後，啜了一口熱可可。

「進度如何？」

「還算順利。差一點就做完了。」

「要是我也能幫忙就好了。」

「這是我的分內工作就是了。」

瑠衣雙手握著馬克杯，咧嘴笑說。

「而且為了期待這些內衣的人們，我想盡可能做到完美。」

「說得也對。」

想法變得相當正向是個不錯的傾向。

自從兩人在那晚一起改良最後一個設計之後，瑠衣就變得對設計比較有自信，也徹底恢復精神了。

「唔……他們倆，又開始進入兩人世界了……」

「惠太真的是很會誆騙女生。」

因嫉妒而生悶氣的雪菜和冷眼旁觀的絢花，不知在沙發上嘟囔什麼。

雖然聽不懂她說的兩人世界是什麼，但諸事順遂倒是真的。

（這樣就能平安消化工作行程。）

正當惠太感到放心時，房門突然打開，搖曳著紅色馬尾的品牌代表冒出頭來。

「喂——有空嗎——？」

「咦，乙葉？怎麼了？」

「我來找你們確認啦。剛才柊奈子傳郵件來，說是促銷用的標語今天要提交，怎麼辦？」

「標語？」

「你該不會忘了吧？不是說好要想個聯名企劃用的標語才方便宣傳嗎？我說過這個要登在雜誌上，記得仔細思考啊。」

「啊……」

這麼說來，似乎有過這麼一回事。

在開會討論刊登在雜誌的廣告時，柊奈子似乎有提過……

平時都不會有想標語這個程序，所以完全忘記有這麼一回事了。

此時沙發三人娘的其中一人，坐正中央的澪問道。

「這樣是不是有點不妙啊？」

「相當不妙喔……我們已經確定要在柊奈子小姐家雜誌上刊登報導，事到如今也無法延長截稿日……」

本來萬聖節企劃的活動準備期間就非常緊促。

應該說，一般而言，一家以上的公司要做聯名企劃時，應該會在更早之前花上漫長時間商議內容。

所以理所當然的，宣傳團隊的工作排程也趕到沒有餘裕。

「乙、乙葉，該、該該該該怎麼辦!?」

「先說好，我對這一類事物的取名品味可說是差到極點。打從小學，我就不擅長思考作文題目之類的東西。」

「我也沒有取名品味啊。」

「總之硬是想點東西出來。」

「呃呃……嗯…………既然如此，就簡單明瞭點取名為『萬聖節限定特別性感內褲☆不給糖就露內褲喔♪』如何？」

「駁回，這也未免太過慘烈了。」

「連想都沒想嗎!?」

一瞬間就被擊沉了。

沒想到這麼快就被發布戰力外通告。

「既然惠太沒用，只能找其他人幫忙了……」

「可是，要上哪找擅長取名的人……」

距離時間截止只剩幾小時。

得在剩餘時間裡找個人生出有品味的標語。

怎麼想都覺得有這種能力的人才，不可能隨隨便便就找得到。

惠太煩惱地將視線轉向房間，發現女孩子們正擔心地觀望著惠太和乙葉的互動——

「找到了啊啊啊啊啊啊啊啊啊!?」

沒想到那個人就在這。

惠太衝向坐在沙發正中央的女生面前。

「水野同學！」

「什麼？」

當澪注意到，對方已經雙手抓住自己的肩膀。

惠太牢牢固定她那穿著秋季開襟衫的雙肩，表現出絕不讓她逃走的意識。

「拜託妳了，水野同學……」

「那個……？」

「能不能把水野同學的力量借給我？具體來說，就是用水野同學那獨特的品味想出一個傑出的標語。」

「不，那個，就算你突然叫我想一個……」

「能給便當取那麼多怪名字的水野同學一定做得到。」

「啊——澪確實很擅長思考吸睛的名字。」

瑠衣也對惠太的發言表示同意。

從塞滿豆芽菜的『豆芽菜天堂便當』，到統一調成辣味的『豆芽菜地獄便當』。以及最近的『馬鈴薯男爵大行進便當』，她那獨特品味的勢頭完全停不下來。

「真的有這麼怪嗎……不過我打工地點的書店店長，的確也拜託我寫推薦書的標語過……」

「那應該表示店長看出澪同學的才能吧。」

「澪學姊好厲害！」

一聽到書店的小插曲，身旁兩人也跟著附和。

惠太趁著現在的氣氛不好拒絕，決定趁勢追擊。

「如何？我會準備謝禮喔，要不要試著寫寫看？」

「不過，我只是個外行人啊？如果我害得營業額下降，也沒辦法負起責任……」

「當然，若是那樣我會負全責。」

「可是……」

「我只能靠水野同學了。」

「嗯、嗯……」

惠太不斷懇求，而澪面露難色，然而她也知道，惠太在這種時候是不會輕言放棄的。

澪實在無法拒絕，只好放棄嘆道。

「我知道了。我想就是了，總之你先把手拿開好不好？」

◇

未來幾天，轉眼間就過去了。

即使完成了設計跟版型，要做的事仍堆積如山，像是得和MATiC的人做調整，確認工廠送來的樣品。在惠太和乙葉、瑠衣合力處理工作的期間，時光如停不下來的雲霄飛車般飛逝。

最後時間終於來到了十月下旬的平日。

惠太下課準備回家時，手提書包的瑠衣探出頭來。

「嗨——浦島。」

「浜崎同學，辛苦了。」

「你接下來打算去『ARIA』對吧？」

「嗯，我是這麼打算的。」

其實昨天晚上，惠太就從乙葉那收到消息。

說商品已經縫製完成，有合作的商店已經上架了。

所以惠太才打算去最近的內衣商店打探情況。

順帶一提，最近真凜和秋彥正式開始交往，今天也感情要好地一起回家——不過這又是另一個故事。

惠太他們離開學校，並肩走在回程路上。

兩人一邊走著，一邊各自闡述著對於萬聖活動的想法，途中走到了內衣專賣店「ARIA」前。

「真是期待會做成什麼樣子。」

「嗯……」

惠太和表情有些僵硬、看似緊張的瑠衣進入店內。

一進門，打工店員椿就上前迎接。

「惠太，小瑠衣，歡迎光臨。」

這名面帶溫和笑容，留著美麗黑色長髮的女大學生，正是瀨戶家的次女。

她外觀看似清純，但美中不足的，就是她的本性是個超級虐待狂。

而穿著工作用便服的柊奈子，則站在椿的身後，揮著她那美麗的手對我們打招呼。

「椿小姐妳好。柊奈子小姐也來啦。」

「聯名企劃開始了，所以來探探店裡情況。」

不過，這兩位美女姊妹排在一塊還真是壯觀。

穿著清純長裙的椿。

而柊奈子則是穿著罩衫搭配褲裝，展現出女強人的風格。

兩人雖然類型迥異，卻多少能感受出血緣關係。

姑且不說這個，還是先達成前來這裡的目的吧。

「哦哦，規模弄得還挺大的耶。」

「呵呵呵，就是說啊。畢竟是有著超高人氣的 RYUGU 跟 MATiC 第一次聯名，我們準備得很努力喔。」

這次的新作內衣展示在店內最醒目的地方，實在令人開心。

而展示用的半身模特兒，也穿上了聯名企劃主打的成套蕾絲內褲和蓬鬆胸罩，將內衣的存在感發揮得淋漓盡致。

展示櫃上還把四款內衣全部擺上，看起來氣勢磅礡。

當惠太感動之時，身旁的瑠衣走到椿面前。

「那個，新作賣得如何？」

「現在才剛擺上架，但客人評價很好，賣得算很不錯喔。」

「太好了……」

瑠衣聽了才鬆一口氣說。

接著輪到惠太對椿提問。

「順便問一下，哪件內衣人氣最高。」

「聯名企劃在推特上也引發不小的討論，不過賣得最好的應該是主打的內衣吧。」

「多虧有柊奈子小姐在報導上大肆宣傳。」

聽說乙葉在 RYUGU 官方帳號公開的內衣照片，也被小小地瘋傳了一番。

這是第一次共同開發的內衣，能做出好成果，的確令人感動油然而生。

「我寫報導時也在想，這件蕾絲內褲，造型有點像是南瓜，的確和萬聖節非常相襯。」

「其實我是故意設計成這樣。」

「啊，果然嗎？」

惠太和柊奈子聊起了蕾絲內褲的話題。

「除此之外，蕾絲薄紗的內衣人氣也很高。從學生到成年女性都一致好評。」

椿指向我們最後製作，也象徵著和好的內衣。

做為基礎的黑色胸罩是由惠太設計，再搭配上瑠衣設計的白色蕾絲薄紗，就成了最新的一款內衣。

RYUGU的典雅。

搭配上MATiC的可愛。

這件出色的內衣，將兩種截然不同的要素融為一體。

在這裡提個小祕密，試穿會時是由瑠衣穿這件內衣，而她本人也非常中意。

「其實我也是一眼就迷上這件內衣，還買了自己的份。其實現在也穿著呢？」

「那真是太好了。」

自己製作的內衣，正被美女穿在身上。

該怎麼形容呢，這件事實著實令人血脈賁張。

「我們家雜誌也受到聯名回響賣得不錯，甚至賣得比前年度還好呢。對了，那個標語是惠太想的嗎？」

「不，是我們的模特兒想的。」

「嘿——」

澪想的標語也被拿來用在店裡的宣傳海報上，上面用渾圓可愛的字體寫著

『Trick or treat！不給糖我們就要辦聯名喔☆請問要來點可愛別致的萬聖節內衣嗎？』。

真的是得感謝澪想出了如此出色的標語。

話剛聊完，店門正好打開，是年輕的客人上門。

「啊，歡迎光臨～」

「午安～」

「妳好～」

笑著對接客的椿打招呼的，是穿著其他學校制服的女高中生二人組，她們一進門，就停在促銷區域前。

「妳看！說是萬聖節聯名耶！原來內衣也有辦聯名啊～」

「啊，這件輕飄飄的內褲，看起來好可愛！」

女孩子看到半身模特兒穿的內衣，不禁兩眼發亮。

花費時間，用心製作的內衣似乎受到好評。

身旁的瑠衣看著客人開心地選著內衣，不禁眼眶溼潤，惠太看了便對她搭話。

「看到客人那麼喜歡，一定很高興對吧。」

「嗯……」

實際來到店裡，看到商品送到客人手中，就會覺得一切辛勞得到回報了。

這是身為內衣設計師最開心的瞬間。

「……那個，浦島？」

「嗯？」

「謝謝你。」

瑠衣用手指拭去眼淚，笑著又說了一次「謝謝」。

「我能加入RYUGU，跟浦島一起工作，真的是太好了。」

在一起工作，就等於是要一同分享喜悅和不安。

責任並不會只落在某一方身上。

工作成功了，到時候只要一起分享喜悅就好。

這樣的關係就好比是——

「——啊啊，我才在想跟什麼東西有點像，設計師跟打版師之間的關係，有點像是夫妻呢。」

「夫妻……？」

瑠衣聽了惠太不經意說出的臺詞，便小聲地重念了一遍。

「哦，浜崎同學妳看，又有客人來了。」

「啊、嗯……」

回家時間到了，店裡的客人逐漸變多。

惠太只顧著觀察店裡的客人，完全沒注意到身旁的同學一直盯著自己看。

「……會不會成為夫妻我是不清楚，但要成為專屬於你的打版師似乎也不壞。」

◇

「那麼，為慶祝聯名企劃成功——乾杯！」

「「「乾杯!!」」」

萬聖節當晚，在浦島家的客廳。

澪等四名模特兒圍繞著矮桌，而惠太領頭乾杯。

桌上擺滿了姬咲準備的肉料理和沙拉、披薩等美食，大家開始拿起自己喜歡的東西享用。

礙於人數問題，乙葉和姬咲只能坐在餐桌，而乙葉甚至已經打開啤酒猛灌了。

「能夠平安舉辦聯名企劃，真的是太好了呢，姊姊。」

「是啊，銷量也非常好，之後多辦個幾次似乎也不錯。」

浦島家姊妹穿的是一如既往的便服，而模特兒們則是各自換上萬聖節扮裝參加派對。

在此簡單介紹一下——

「惠太學長，你看。」

坐在身旁的雪菜，穿著鮮紅的小紅帽裝扮。

「哎呀，怎麼啦？看著可愛的大姊姊看到入迷了嗎？」

坐在正對面的絢花，則是換上了先前穿過的愛麗絲風味兔耳女僕裝。

「……你看什麼啊？」

斜對面的瑠衣，穿上不知哪弄來的正式巫女服。

「浦島同學，怎麼了嗎？」

居上座的澪穿著普通的裙子配內搭褲，但頭上戴了個可愛的貓耳。

「水野同學是扮成貓娘啊。」

「是啊，不給糖果的話，我可是要拿浦島同學磨爪子喔？」

「太可怕了吧。」

看澪擺出貓爪的動作，惠太立即投降。

要是真被她拿去磨爪子可就慘了，於是他把放入內衣樣品的紙袋代替糖果遞給她，「好耶——♪」澪雙手抱住，看似十分開心。

「惠太學長，我扮的小紅帽好看嗎？」

「哪有什麼好不好，胸圍如此豐滿的小紅帽，我看放眼全世界也只有妳了。」

「Trick or treat。不給糖就得跟我結婚喔？」

「這臺詞也太新穎了吧。」

「應該說我不要糖果了，請跟我結婚！」

「等等、小雪!?大家都在看，別抱上來啊！」

雪菜抱住我的脖子開始撒嬌。

儘管在場都是自己人，但在眾目睽睽之下這麼黏在一塊，還真是有點害羞。

實際上，在場成員看到這個情況的反應——

「浦島這個笨蛋……」

穿著巫女服的瑠衣不滿地喝著可樂。

「雪菜同學，果然在各方面都充滿破壞力啊……」

扮成愛麗絲的絢花則搓揉著自己的胸部。

「搞什麼啊，惠太，你可真有女人緣呢。記得要負起責任啊～」

「要是哥哥和雪菜姊姊結婚了，我就會有一個當女演員的姊姊啊……咦？好像還不壞耶？」

乙葉和姬咲開始自說自話。

姬咲基本上和在場四人感情都很好，相信不論跟誰結婚都能相處融洽……

（……不不，為什麼我要以跟其中一個人結婚為前提討論啊。）

在場全員都長得非常可愛個性又好，這點無庸置疑。

不過，說到要談戀愛又是另一碼子事了。

惠太揮去腦中羞恥過頭的妄想，並用不至於疼痛的力道將雪菜的手拉開，接著不多做思考，默默將食物塞進胃裡。

「——啊，對了。這是我爸爸送的。」

瑠衣說完，便取出了一個看似高級的時尚紙箱。

雪菜看了這個箱子便驚呼道。

「啊，這是那個著名西點店做的巧克力蛋糕對吧。」

「不愧是長谷川，真虧妳知道。難得都送了，大家一起分著吃吧？」

在場一致贊成，於是惠太做為代表去廚房拿了把水果刀，接著將長方形的巧克力蛋糕按人數分切。

切成大小適中的七份後，再放上小盤分發給大家。

既然要吃蛋糕，當然得配茶，於是姬咲和澪準備好了在場全員的紅茶，接著大家各自拿起叉子，將蛋糕送入口中。

「嗚哇，這什麼，太好吃了吧!?」

惠太忍不住喊出心中感想。

「真的是驚為天人耶……」

絢花手按臉頰，看似非常幸福。

「我還是第一次吃到這麼美味的蛋糕。」

澪的表情雖然冷靜，但聲調顯然比平時還要興奮。

當然姬咲和乙葉也是讚譽有加，瑠衣帶來的蛋糕受到在場者一致好評。

根據雪菜所述，這似乎是知名甜點師傅費盡苦心製作出來的極品，在藝人之間也是非常適合拿來當贈禮。

「悠磨先生，實在是太恐怖了……」

不愧是掌管諸多企業的社長，就連送的伴手禮也是超高級別。

現場七人吃完蛋糕，喝著溫熱紅茶歇息。

由於眾人填飽肚子，客廳完全進入了悠哉的休息模式，此時發生了「最初的異變」。

「欸嘿嘿～惠太學長——♡」

「咦？小雪？」

坐在身旁坐墊的雪菜突然貼近惠太，把頭靠在他的肩膀上撒嬌。

「怎麼，妳想睡了？」

「咦——？人家只是想黏著惠太學長而已啊？」

「欸……」

竟然說只是想黏著對方。

這樣的舉動實在可愛到令人難以置信，使得惠太怦然心動。

然而劇情發展太過突然，讓人感到不太對勁。

其他女生目擊這個突如其來的事態，也嚇得直盯著兩人……

「如果是惠太學長的話，要把雪菜帶回家也可以喔？」

「什麼？小雪，妳到底在胡說什麼啊？」

「就說啦——我問學長想不想把我帶回家——」

「還說什麼帶不帶回家，這裡就是我家啊……」

說話內容也變得雜亂無章。

而且她的聲調莫名地拉長尾音，眼睛微微溼潤，臉頰似乎也在發燙。

「雪菜她是不是有點怪怪的啊……？」

「嗯——？我看看～？」

澪察覺到雪菜的異狀，而身後的浦島乙葉則搖曳著紅色馬尾，醉醺醺地走向雪菜。

她瞧了一眼雪菜的模樣，接著拿起桌上的巧克力蛋糕盒子。

「啊——果然……這個蛋糕有加酒。」

「「咦!?」」

惠太和澪站到乙葉左右兩側確認盒子，上頭標籤的確記載著有加入少量的威士忌。

「我看姬咲突然睡著就覺得不太對勁了。」

「嗚哇，真的耶……」

惠太看向廚房，姬咲整個趴倒在餐桌上。

「不過浦島同學，這種甜點裡加的酒，量應該低到未成年吃了也沒問題吧？」

「大概……純粹是酒量終究有個人差異……」

總而言之，已經得出結論了。

長谷川雪菜是因為攝取蛋糕裡混入的酒精，才會整個人變得不對勁。

然而即使知曉原因，也早就太遲了。

在場者不知道該如何應對吃蛋糕吃到醉的女生，即使叫計程車送她回家，到時她滿身酒味回去也會釀成大問題。

「真是的，惠太學長，不要擅自離開我啦～」

「嗚哇!?」

雪菜搖搖晃晃地走到惠太身邊。

還從腰部環抱住惠太，不停磨蹭他撒嬌。

除了豐滿胸部緊貼著惠太之外，學妹身上散發出的甜味也差點使他理性崩壞。

（沒想到看女生穿內衣都不為所動的我，竟然會動搖到如此地步……）

長谷川雪菜，實在可怕。

這位未來的大牌女演員可真不是省油的燈。

「我說小雪啊？」

「怎麼了──？你終於做好覺悟要跟雪菜結婚了嗎──？」

「不，我倒是沒做好那樣的覺悟……是說，妳竟然會用『雪菜』自稱，感覺還真可愛。」

她平時都用「我」自稱，喝醉了似乎就會改口為「雪菜」。

雖然不太明白其中道理，但這一點卻莫名使人心動。

「總之我各方面都快忍到極限了，妳能先放開我嗎？」

「唔……你又打算講這種話蒙混過關了……」

「咦……」

這下慘了。

學妹小聲嘟囔，還露出了非常哀傷的神情，彷彿是隻在下雨天被丟棄在路旁的幼貓。

雪菜抬起頭，直視著我的眼睛，還緊緊抓住我的手不放。

「惠太學長，你是怎麼看我的呢？」

「怎麼看妳……」

「請回答我。」

「小雪……」

她那炙熱的視線，刺得我頓時口乾舌燥。

在自家碰到如此突然的劇情展開，讓腦袋混亂得轉不過來了。

「我……」

即使如此，我仍想著必須得說點什麼話而開口——

「不行——————!!」

從背後傳來的尖叫聲，使我收回差點脫口而出的話。

我慌張地看向聲音來源，站在那的正是身穿巫女服的浜崎瑠衣，她指著惠太宣戰道。

「你不能回應長谷川！浦島要跟我結婚——!!」

「浜崎同學!?」

一個超乎想像的人物加入戰局。

想也知道，她的眼神迷濛，意識完全被酒精給支配了。

「我不會把浦島交給任何人！我要成為你的新娘子，然後當上支撐整個品牌的設計師，將來還要跟最喜歡的浦島生下兩個小孩，過上幸福快樂的日子!!」

「未來計畫得也太具體了！」

浜崎同學似乎想要兩個小孩。

看來未來要成為她老公的人會很辛苦。

「連瑠衣都向你求婚了，浦島同學真的是很有女人緣呢。」

「不不，她們不過是被蛋糕裡的酒精害得意識混亂而已。」

即使未來計畫得非常具體，但她現在還沒有喜歡對象，估計只是把理想的結婚計畫套用在身邊的異性身上罷了。

應該說，若不是這樣我可傷腦筋了。

瑠衣是非常重要的工作伙伴，我可不想跟每天都得見面的對象弄得那麼尷尬。

「浜崎學姊，能拜託妳別來妨礙雪菜好嗎？惠太學長要跟我結婚！」

「不對，要跟浦島結婚的人是我！」

雪菜和瑠衣。

過去不曾對立過的兩人，就在我身旁激烈爭論起來。

爭端竟然是為了爭奪我的所有權，這實在令人頭痛。

「沒想到事情會演變成這樣……我到底該如何是好……」

「劇情發展得這麼突然，好興奮喔。」

「咦？水野同學竟然感到興奮嗎？」

說不定，她的酒意現在才湧上來了。

正當我抱頭苦惱，這樣下去要是所有人都喝醉該怎麼辦，此時雪菜似乎想起什麼，看向我說。

「對了，惠太學長喜歡女生的內褲對吧……？」

「咦？」

「你說過只要有女生的內褲，就能吃下三碗飯嘛。」

「我怎麼不記得自己說過這種話……」

我想應該沒說過，要是做到那種程度，那肯定已經超越變態的等級了。

「瑠衣學姊，妳看這樣如何？我們就讓惠太學長來比較看看，我們倆誰的內褲比較可愛。」

「好，我奉陪。」

「妳也太配合了吧!?」

我已經搞不清楚現在是什麼狀況了。

原來常識無法通用的世界會如此恐怖。

「來，惠太學長……」

「嗳，浦島……」

雪菜和瑠衣一左一右地站著，也不顧惠太跟不上狀況，就各自將裙子和袴的下襬掀起，並步步逼近他。

「雪菜跟浜崎學姊的內褲，誰的比較可愛……」

「你可要仔細看過再選喔？」

「…………」

老實說，我非常喜歡女生內褲。

每次跟可愛女生擦身而過，我就會在意對方穿著怎樣的內褲，如果可以的話，我甚至想窩進對方裙子裡仔細觀賞。

（不過，現在這種狀況我可是一點都高興不起來啊!?）

兩人眼睛布滿血絲，同時逼迫我看內褲的模樣，說實話有點可怕。

就這麼，她們無視膽怯男生的心情，把衣服下襬拉起，就在差一點點要看到兩人的內褲時——

「……咦？」

「突然……好睏……」

雪菜和瑠衣，突然像是電池沒電一般坐倒在地。

雪菜倚靠著矮桌。

瑠衣則臥倒在地墊上，一語不發。

「小雪……？浜崎同學……？」

兩人如同力量用盡的喪屍一般，一動也不動。

我戰戰兢兢地看向她們的臉。

「睡著了……」

兩人看似幸福地墜入夢鄉。

乙葉偶爾喝了酒後也會像這樣突然睡著，所以我倒是不太訝異。

「那個，浦島同學……絢花學姊不知不覺也睡著了……」

「什麼？」

澪那麼一提，我才看向絢花，那名金髮兒時玩伴已經橫躺在沙發上就寢了。

「竟然連絢花也……」

怪不得從剛才就沒聽見她的聲音。

而剛才人在餐桌，原本精神飽滿的乙葉，也落得一副悽慘的模樣。

「嗚……頭……頭痛到像要裂開了……」

「姊姊，妳還好嗎？要不要再喝點酒？」

「不，再喝下去乙葉會死掉的……是說姬咲，妳什麼時候醒來的……」

姬咲露出看似不太對勁的笑容，打算再拿一罐啤酒給乙葉，而惠太急忙制止，

看來她雖然從睡夢中醒來，但酒意似乎沒退。

「那麼這罐酒給哥哥喝吧。」

「不好意思，我還未成年。」

正如想像，姬咲已經醉到不行了。

竟然打算讓喝醉酒頭痛的人繼續喝下去，這實在不太正常。

惠太給坐在椅子上的乙葉倒了杯水，看向周遭。

「沒想到萬聖節派對最後會變成這樣……」

客廳看起來儼然像是地獄。

金髮兔耳女僕躺在沙發上。

褐色肌膚的巫女倒在地墊上。

巨乳小紅帽倚靠著矮桌，還說出了『惠太學長想一口吃了我也可以喔♡』的神祕夢話。

乙葉醉成死屍一般，正對姊姊而坐的姬咲看起來隨時都可能睡著。

女性陣營裡只剩下澪還保持清醒，但她眼神逐漸朦朧，看起來似乎也撐不了多久。

「為什麼事情會變這樣？」

「真要抓出犯人的話，應該是帶巧克力蛋糕來的浦島同學吧。」

「不對吧，妳別誣賴我啊。帶蛋糕來的分明就是浜崎同學，水野同學妳看起來一派輕鬆，可是記憶根本就亂成一團了。」

她外觀看起來十分正常，實際上也是醉成喪屍的其中一員。

後來，剩下的參加者也一個接著一個倒下——由於畫面實在太像恐怖片了，我就不多做贅述。

◇

惡夢般的威士忌大混亂經過一小時後，時間過了晚上十點，失去意識倒在地板上的惠太醒了過來，他按著還有些隱隱作痛的頭部，坐起身來。

「完全睡著了……這巧克力蛋糕可真恐怖……」

他確認周圍，躺在沙發上的凜花，從背後抱住睡著的澪陷入爆睡，貓耳娘完全化作兔耳女僕的抱枕了。

乙葉和姬咲趴在餐桌上睡著，雪菜倚靠矮桌，以掀起紅帽的狀態，發出平穩的呼吸聲。

而瑠衣則睡倒在一旁的地墊上，巫女服的袴還整個掀起，呈現不堪入目的狀態，惠太只好悄悄地將袴拉回原位。

「大家都睡死了……乙葉倒是喝啤酒喝醉就是了。」

惠太看著女生們毫無防備的睡姿微微一笑，接著走到窗邊。

把窗簾拉開，打開落地窗，從客廳走到陽臺。

他手靠欄杆，頭上是秋天的清澈夜空，一陣醒神的寒風拂面而來。

「果然還是有點冷啊。」

十月即將結束。

季節一步步地邁向冬天，夜晚出門不穿外套實在有點難受。

惠太想呼吸點新鮮空氣醒酒，加上繼續待在客廳，怕是會忍不住想東想西，而他正好也想讓腦袋冷靜下來。

之所以為這麼想——

「告白的回覆，該怎麼辦呢……」

他吹著夜風，思索著不斷拖延回覆的雪菜告白，還有其餘種種事情。

之前忙著聯名企劃，沒空靜下心仔細思考，但剛才那麼直截了當地面對她的好感，實在令惠太心生動搖。

雪菜既溫柔又努力。

能被像她那麼出色的女生追求，實在不勝榮幸。

然而，事情並沒有這麼簡單。

「在得到爸爸認可之前，我哪有資格談戀愛……」

工作與戀愛，自己並沒有機靈到能夠二者得兼。

既然有此自覺，現在就應該以工作為第一優先才對。

「——浦島同學？」

「嗯？」

回頭望向聲音出處，剛才關上的落地窗被打開，而澪就站在窗邊。

「水野同學，妳醒啦。」

「是啊，真不好意思，我好像睡著了。」

她似乎尚未完全醒酒，感覺比平時還要活潑。

話雖如此，澪已經把頭上戴的貓耳拿掉，從貓娘變回了普通的女孩子，她關上窗戶，走到我身旁。

「沒想到，會因為吃巧克力蛋糕而醉倒。」

「啊哈哈，大家可能玩得太瘋了。」

「被渚知道肯定又會被念。」

「這倒是真的。」

我回想起那個姊控弟弟，不禁苦笑說。

這次只是別人帶來的點心正好有加酒，並非真的喝酒，希望不會被怪罪。

「浦島同學在這做什麼？」

「啊……」

我不太想說出實情，於是隨便蒙混過去。

「算是獨自反省這次工作跟種種事情吧。」

「這次也辛苦你了。」

「水野同學也是。感謝妳總是鼎力協助。」

兩人互相低頭，同時笑出聲。

「跟MATiC的聯名活動，能夠成功真是太好了呢。」

「就是說啊。」

聯名企劃創作出來的特別內衣在社群軟體上瘋傳，就連真凜跟泉也說她們買了，實在令人感到高興。

浜崎夫妻也為聯名活動成功感到開心，甚至說之後有機會還想再辦。

客人們的回響也都不錯，這次企劃可說是大獲全勝。

「這是我第一次跟其他設計師共同作業，讓我獲益良多。要是浜崎同學能夠一直待在RYUGU就好了。」

「你的意思是想跟瑠衣結婚嗎？」

「不是啊？為什麼會這麼講。」

「我開玩笑的。」

同學變得比平時還要活潑，還難得開了玩笑後嗤嗤地笑出來。

「不過，你說得也對。我也想要一直待在 RYUGU 當模特兒。我喜歡這裡的所有人，雖然到現在試穿還是覺得有點丟臉……但比起丟臉，我更感到愉快，在這裡，讓我經驗了許多開心的事。」

「水野同學……」

澪展露出柔和笑容，而她發自內心的話語，使得惠太心中湧上一股熱流。

「是啊——我也是，希望水野同學永遠當 RYUGU 的模特兒。」

我希望如此快樂的日子能永遠持續下去。

RYUGU 已經不再是屬於我自己的東西了。

這個地方，是多虧乙葉和姬咲扶持，再加上瑠衣和澪她們的協助，才得以成立，如今已經是所有成員不可或缺的棲身處了。

所以，我絕對不能讓 RYUGU 垮掉。

（為此，我必須快點跟爸爸分出勝負。）

這是正式繼承品牌的條件。

在惠太升上高三前，他必須做出理想的內衣，得到父親這個創始人的認同。

而定下的日期，正一步步地逼近。

◇

這件事，發生在萬聖節派對的隔天。

「──咦，浜崎同學？」

一早，惠太在一如既往的時間離開家門，發現瑠衣正倚靠走廊牆壁站著。

她穿上西裝外套，但這樣似乎還是有點冷，所以還穿了黑色的膝上襪。

看她的表情似乎還有點睏，可能是酒精沒有完全退掉，表情有些慵懶地看向這邊。

「……早安。」

「早安？」

之所以會用疑問句語調是有原因的。

因為我和瑠衣，平時上學時間搭不上。

她似乎喜歡早上悠哉度過，通常會在稱不上勉強上壘，但是稍晚一點的時間出門。

「真難得，竟然會在這個時間遇到妳。」

「算是吧。我是特地等你。」

「等我？」

我回問，瑠衣溫順地點頭。

「昨天對不起。」

「昨天？」

「我是指爸爸帶的禮物。我沒想到蛋糕裡面有加酒……」

「啊啊……不過也沒辦法啊。畢竟妳不知情嘛。」

昨天在浦島家舉辦了聯名企劃的慶功宴兼萬聖節派對。

因為種種原因弄得太晚，最後是惠太自己掏錢叫計程車，把所有人送回家裡，而最主要的原因，就是瑠衣帶來的巧克力蛋糕。

看來，瑠衣很介意自己把派對搞得像是地獄一樣。

「還有……那個，我還說了要跟浦島結婚之類的……」

「啊，那個妳還記得啊。」

「是啊……」

那也是昨晚發生的事。

雪菜因蛋糕裡含有的酒精徹底失控，最後瑠衣也跟著她一起失控，甚至還擺出一副要與雪菜爭奪惠太的態度。

「不過，妳肯定是因為喝了酒，才會意識不清楚對吧？所以才會說出那種違心之論——」

「——不是的。」

站在正面的瑠衣打斷惠太的話，並直視著他說。

「我是真心覺得，跟浦島結婚也沒關係。」

「咦……」

意料之外的臺詞使得惠太感到困惑。

對方帶來的情報令人一時難以理解。

惠太的腦袋已經亂成一團，甚至超出負荷即將爆炸。

然而眼前的少女，卻不給他任何思考時間。

「我啊，好像對浦島——」

她的表情蘊藏著決心，講到一半，又轉變念頭改口說：

「我好像，喜歡上惠太了。」

終章

「——嗨！組長，不好意思打擾了～」

那天晚上，一名男部下，進入了浦島太一位於法國巴黎的工作房。

這男人名叫工藤，現年二十五歲。

他外表纖瘦，留著短髮，眼睛瞇成一線，一副不知他是睡是醒的模樣。

這人是同樣出身日本的年輕員工，在公司裡主要負責打雜，不論提出任何要求，他都能準確無誤地達成，因此其他員工總是對他讚譽有加。

已經進入深夜，留在公司的人，大概就只剩下自己和他了。

而這樣一位部下，拿著開啟的平板電腦放到太一桌上。

「來，組長的電腦有一封日本寄來的信喔！」

「日本寄來的？」

「組長，拜託你好歹確認一下自己的信好不好。還有電腦不要隨便亂擺啦。」

「管他的，我很忙。」

「話是這麼說啦，但你哪有不忙的時候。」

由於我們倆都來自於日本，在沒有其他員工時，都是用日文交談。

之所以這麼做，並不是因為擔心忘記母語這種多愁善感的理由。

簡單來說，就是不擅長法文罷了。

更進一步來說，其實是我不善與人交談。

再被念下去只會讓人心煩，於是我乖乖接過平板，打開不知何時以來就沒開啟過的信件。

「是乙葉啊……」

未讀信件是哥哥的女兒乙葉傳來的。

她是代替RYUGU的創始人太一，成為現任代表的女大學生。

她雖然看似邋遢，個性卻不知該說是一板一眼還是……

我早說過自己已經不是RYUGU的人了，沒必要定期聯絡，她還是會定期傳信件過來。

說實話，我只想無視這封信件，可惜部下在一旁監視，我才勉為其難過目一下。

『先前告知的MATiC聯名案件已經平安落幕，因此向您報告。另外附上一張照片。』

本以為是平時的業務報告，不過這次似乎不太一樣。

「MATiC……是浜崎那傢伙的品牌啊……」

我知道大學時期的損友浜崎悠磨，他女兒現在跳槽到 RYUGU 工作，但我可不知道有辦聯名企劃。

就算她說先前有告知，我也壓根沒看信件，況且現在的 RYUGU 代表是乙葉，我沒打算對經營指手畫腳。

問題在於，這封信附加的照片。

「她附的……這是什麼照片啊……」

照片上的場所，應該是乙葉她住的公寓客廳吧。

看起來似乎是在辦萬聖節派對，照片上的惠太正被四名變裝的陌生女性包圍，還笑得非常開心。

「這個少年，不會就是組長的兒子吧？他身邊怎麼淨是些可愛女生啊！」

在身旁偷看的工藤，看到女高中生不禁興奮地說。

相較於部下，太一的表情則是非常陰沉。

「明明都快到期限了，這傢伙還在幹麼啊……」

他再怎麼說也是自己的兒子，而太一本身也認同惠太擁有製作內衣的天分。

然而，在如此重要的時期還沉迷於女色，是不可能做出令自己讚嘆的內衣。

（實在是太令我失望了……）

正當太一失去興趣，打算關閉照片繼續工作時。

他突然發現除了派對照片之外，還附了另外一張圖片。

「這是……」

那是惠太他們為了這次聯名企劃設計的內衣照片，是一套基底為黑色，再額外加上白色蕾絲薄紗的內衣。

「咦？這件內衣，是組長的兒子設計的嗎？我記得他還是高中生對吧？能做出這樣的水準可真厲害啊。」

「畢竟，他再怎麼說也是我兒子啊……」

太一看著這張圖片，臉上沒有任何笑容。

豈止如此，他看著照片的眼神，變得比剛才還要灰暗。

「……喂，工藤，幫我暫時取消之後的預定排程。」

「什麼？」

「等我把目前的行程處理完，我要回日本一段時間。」

「咦，回日本!?不……可是，也未免太突然了吧……」

「不好意思，這是緊急案件。有些在意的事要處理。我打算回老家一趟順便看看兒子的情況。」

「就為了看看情況……」

「雖然還有點早，但我打算趁這機會測驗他。」

「測驗？啊啊……你好像說過兒子通過考驗，就能正式繼承 RYUGU 對吧？就我來看，惠太已經有了相當高的水準，他應該能做出滿足組長的內衣吧？」

「不可能。」

「咦，為什麼？」

「這跟惠太交出怎樣的設計無關——因為我，根本沒有打算讓他繼承 RYUGU。」

因為會再次勾起和亡妻之間的回憶，我才會捨棄 RYUGU。

每當聽到這個名字，失去心愛之人的傷痛就會再次復甦。

所以，這次一定要結束這一切。

親手葬送這個曾經是自身幸福象徵的品牌，已成了浦島太一對於 RYUGU 的唯一願望。

後記

※後記會有故事暴雷，還沒看過本集內容的讀者請注意。

非常感謝您購買《內衣女孩任你擺布4》。

本集是瑠衣的回合，大家看了還喜歡嗎？

由於這次是以擔任品牌的重要角色打版師的女主角為故事主軸，所以工作和戀愛喜劇的成分參半。

從已經甜膩到判若兩人的雪菜，到基本上有些帶刺，不過關鍵時刻都會嬌羞的浜崎同學，和雖然不能說發生什麼事，但狀況實在非常驚人的絢花，以及默默地支持著主角的水野同學，描寫她們四人的劇情，真的是非常愉快。

浜崎同學個性強硬，實際上內心非常細膩，會口出惡言其實是愛情表現，而這次最大的看點，就是她少女心動搖的一面。果然傲嬌女主角就是讚啊。

另外第四集的封面插圖也與以往不同，躺在床上的女主角真的是看了就讓人心潮澎湃。

光是她那肉得恰到好處的大腿，我就至少能聊上一個小時，不過我怕會被罵，只好乖乖忍耐——

總之這個封面插圖，也就是浜崎同學跟毛茸茸的居家服真的是絕配。

可愛女生穿居家服的模樣真的是太美好了。

某種意義上，這種毫無防備，最讓人掉以輕心的服裝，可是有著與全裸相提並論的破壞力，會這麼想的人應該不只有我而已。

沒錯，要說穿著居家服其實跟全裸沒兩樣也不為過……！

請各位理解以上幾點之後，再來看看封面。

你們說對不對？是不是很誘人？

好了，如今我已經全力闡述了封面插圖的美好之處，把字數混得差不多了，現在可以進入總結。

第四集講述到惠太他們的戀愛以及品牌的未來，故事就在這吊人胃口的地方結束了，而下一集故事將會出現重大轉折。

不論是戀愛還是工作，惠太大概都會碰到比現在還要辛苦的事情，希望各位讀者能夠默默守候他。

那麼，我們第五集再會。

花間燈

國家圖書館出版品預行編目資料

內衣女孩任你擺布 / 花間燈作 ; 蔡柏頤譯 . -- 一版 . -- 臺北市 : 城邦文化事業股份有限公司尖端出版 : 英屬蓋曼群島商家庭傳媒股份有限公司城邦分公司尖端出版發行 , 2024.04-
冊 ; 公分
譯自 : ランジェリーガールをお気に召すまま
ISBN 978-626-377-657-9 (第 4 冊 : 平裝)

861.57　　113000507

浮文字
內衣女孩任你擺布(04)
（原名：ランジェリーガールをお気に召すまま4）

著者／花間燈　繪者／Sune　譯者／蔡柏頤
執行長／陳君平　美術總監／沙雲佩　國際版權／黃令歡、高子甯、賴瑜妗
榮譽發行人／黃鎮隆　美術編輯／方品舒　內文排版／謝青秀
協理／洪琇菁　執行編輯／石書豪
總編輯／陳昭燕　文字校對／施亞蒨

出版／城邦文化事業股份有限公司　尖端出版
臺北市南港區昆陽街十六號八樓
電話：（〇二）二五〇〇―七六〇〇
傳真：（〇二）二五〇〇―二六八三
E-mail: 7novels@mail2.spp.com.tw
發行／英屬蓋曼群島商家庭傳媒股份有限公司城邦分公司　尖端出版
臺北市南港區昆陽街十六號八樓
電話：（〇二）二五〇〇―七六〇〇（代表號）
傳真：（〇二）二五〇〇―一九七九
中彰投以北經銷／楨彥有限公司（含宜花東）
電話：（〇二）八九一九―三三六九
傳真：（〇二）八九一四―五五二四
雲嘉以南／智豐圖書有限公司
（嘉義公司）電話：（〇五）二三三―三八五二
傳真：（〇五）二三三―三八六三
（高雄公司）電話：（〇七）三七三―〇〇七九
傳真：（〇七）三七三―〇〇八七
香港經銷／一代匯集
香港九龍旺角塘尾道六十四號龍駒企業大廈十樓 B&D 室
電話：（八五二）二七八三―八一〇二
傳真：（八五二）二七八二―一五二九
新馬經銷／城邦（馬新）出版集團 Cite（M）Sdn. Bhd.
E-mail: cite@cite.com.my
法律顧問／王子文律師　元禾法律事務所
臺北市羅斯福路三段三十七號十五樓
二〇二四年四月一版一刷

■中文版■

郵購注意事項：
1.填妥劃撥單資料：帳號：50003021戶名：英屬蓋曼群島商家庭傳媒(股)公司城邦分公司。2.通信欄內註明訂購書名與冊數。3.劃撥金額低於500元，請加附掛號郵資50元。如劃撥日起 10～14日，仍未收到書時，請洽劃撥組。劃撥專線TEL：(03)312-4212 ・ FAX：(03)322-4621。E-mail：marketing@spp.com.tw